KB106642

온몸으로 밀고 나가는 것이다

# 온몸으로 밀고 나가는 것이다

김수영 문학상
수상작
대표 시 선집

서동욱 · 김행숙 엮음

민음의 시 201

민음사

## 일러두기

1. 『온몸으로 밀고 나가는 것이다』는 '민음의 시' 200번 출간을 기념하는 시집으로 〈김수영 문학상〉 수상작들의 대표 시를 모은 것이다.
2. 이 시집에 수록된 시편은 수상작에 실린 원본을 바탕으로 했으며 배열은 수상작의 수록 순서를 따랐다.
3. 맞춤법과 띄어쓰기는 현행 맞춤법 규정에 따라 고쳤다.
   (예 : 노래소리 → 노랫소리, 천정 → 천장, 상치 → 상추)
4. 한글 표기를 원칙으로 하여 원본의 한자는 모두 한글로 고치면서 병기하였다.
5. 시집의 제목은 『김수영 전집(산문)』에 수록된 「시여, 침을 뱉어라」의 한 구절을 인용한 것이다.

온몸은 단지 신체 부분들 전부를
모아 놓은 것이 아니다
장기와 팔다리와 머리카락과 손톱을
모아 둔들 온몸일 것인가?

온몸은 영혼이나 마음 같은
허깨비의 장난감도 아니다

어떤 설명의 칼도 저 단단한 온몸의
조각 한 점 떼어 내 보지 못하리라

온몸은 바로 온몸
동어반복의 갑옷 속에
온몸의 밀고 나가는 동작만 있을 뿐

온몸으로 밀고 나간 온몸은
문득 밀고 온 길을 돌아본다

거기 흐드러지게 피어난 시가 있다

서른두 송이 김수영 문학상
온몸으로 밀고 왔다

2014년 1월
엮은이

# 차례

# 정희성

1945년 경남 창원 출생. 1970년 《동아일보》 신춘문예로 등단. 『저문 강에 삽을 씻고』(창비, 1978)로 제1회 김수영 문학상 수상. 시집 『답청(踏靑)』, 『한 그리움이 다른 그리움에게』, 『시(詩)를 찾아서』, 『돌아다보면 문득』, 『그리운 나무』가 있다. 만해문학상, 육사시문학상, 지용문학상 수상.

# 겨울꽃

— 이길용(李吉龍) 화백의 그림에 부쳐

엉겅퀴여, 겨울이 겨울인 동안
네가 벌판에 서 있어야 한다
바람 속에서 바람을 맞아야 한다
머지않아 천지에 봄이 오리니
엉겅퀴여, 네가 엉겅퀴로 서 있지 않을 때
이 땅에 내가 무엇으로 서 있겠느냐
엉겅퀴여, 나의 목마른 넋이여
겨울이 겨울인 동안
네가 엉겅퀴로 서 있어야 한다

# 저문 강에 삽을 씻고

흐르는 것이 물뿐이랴
우리가 저와 같아서
강변에 나가 삽을 씻으며
거기 슬픔도 퍼다 버린다
일이 끝나 저물어
스스로 깊어 가는 강을 보며
쭈그려 앉아 담배나 피우고
나는 돌아갈 뿐이다.
삽자루에 맡긴 한 생애가
이렇게 저물고, 저물어서
샛강 바닥 썩은 물에
달이 뜨는구나
우리가 저와 같아서
흐르는 물에 삽을 씻고
먹을 것 없는 사람들의 마을로
다시 어두워 돌아가야 한다

# 이성복

1952년 경북 상주 출생. 1977년 《문학과지성》으로 등단. 『뒹구는 돌은 언제 잠 깨는가』(문학과지성사, 1980)로 제2회 김수영 문학상 수상. 시집 『남해 금산』, 『 그 여름의 끝』, 『호랑가시나무의 기억』, 『아, 입이 없는 것들』, 『달의 이마에는 물결무늬 자국』, 『래여애반다라』가 있다. 소월시문학상, 대산문학상, 현대문학상 수상.

# 세월에 대하여

1

석수(石手)의 삶은 돌을 깨뜨리고 채소 장수의 삶은
하루 종일 서 있다 몬티를 닮은 내 친구는
동시상영관(同時上映館)에서 죽치더니 또 어디로 갔는지
세월은 갔고 세월은 갈 것이고 이천 년 되는 해
아침 나는 손자(孫子)를 볼 것이다 그래 가야지
천국(天國)으로 통하는 차(車)들은 바삐 지나가고
가로수는 줄을 잘 맞춘다 저기, 웬 아이가
쥐 꼬리를 잡고 빙빙 돌리며 씽긋 웃는다

세월이여, 얼어붙은 날들이여
야근하고 돌아와 환한 날들을 잠자던 누이들이여

2

피로의 물줄기를 타 넘다 보면 때로 이마에
뱀딸기꽃이 피어오르고 그건 대부분
환영(幻影)이었고 때로는 정말 형님이 아들을 낳기도
했다 아버지가 으흐허 웃었다 발가벗은
나무에서 또 몇 개의 열매가 떨어졌다 때로는

얼음 깔린 하늘 위로 붉은 말이 연탄을
끌고 갔다 그건 대부분 환영(幻影)이었고 정말
허리 꺾인 아이들이 철 지난 고추나무처럼
언덕에 박혀 있기도 했다 정말 거세(去勢)된
친구들이 유행가를 부르며 사라져 갔지만
세월은 흩날리지 않았다 세월은 신다 버린 구두
속에서 곤한 잠을 자다 들키기도 하고
때로는 총알 맞은 새처럼 거꾸로 떨어졌다
아버지는 으흐허 웃고만 있었다 피로의 물줄기를
타 넘다 보면 때로 나는 높은 새집 위에서
잠시 쉬기도 하였고 그건 대부분 환영(幻影)이었다

3

세월은 갔고 아무도 그 어둡고 깊은 노린내 나는
구멍으로부터 돌아오지 못했다 몇 번인가 되돌아온
편지(便紙) 해답은 언제나 질문의 잔해(殘骸)였고 친구들은
태엽 풀린 비행기처럼 고꾸라지곤 했다 너무
피곤해 수음(手淫)을 할 수 없을 때 어른거리던
하얀 풀뿌리 얼어붙은 웅덩이 세월은 갔고

매일매일 작부들은 노래 불렀다 스물세 살,
스물네 살 나이가 담뱃진에 노랗게 물들 때까지
또 나는 열한 시만 되면 버스를 집어탔고

세월은 갔다 봉제 공장 누이들이 밥 먹는 삼십 분 동안
다리미는 세워졌고 어느 예식장에서나 삼십 분마다
신랑 신부는 바뀌어 갔다 세월은 갔다 변색한
백일 사진 화교(華僑)들의 공동묘지 싸구려 밥집 빗물
고인 길바닥, 나뭇잎에도 세월은 갔다 한 아이가
세발 자전거를 타고 번잡한 찻길을 가고 있었다
어떤 사람은 불쌍했고 어떤 사람은 불쌍한
사람을 보고 울었다 아무것도 그 비리고 어지러운
숨 막히는 구멍으로부터 돌아오지 못했다

4

나는 세월이란 말만 들으면 가슴이 아프다
나는 곱게곱게 자라 왔고 몇 개의 돌부리 같은
사건(事件)들을 제외하면 아무 일도 없었다 중학교
고등학교 그 어려운 수업시대(修業時代), 욕정과 영웅심과

부끄러움도 쉽게 풍화(風化)했다 잊어버릴 것도 없는데
세월은 안개처럼, 취기(醉氣)처럼 올라온다
웬 들 판 이 이 렇 게 넓 어 지 고
얼마나빨간작은꽃들이지평선끝까지아물거리는가

그해
자주 눈이 내리고
빨리 흙탕물로 변해 갔다
나는 밤이었다 나는 너와 함께
기차를 타고 민둥산을 지나가고 있
었다 이따금 기차가 멎으면 하얀 물체(物體)가
어른거렸고 또 기차는 떠났다…… 세월은 갔다

어쩌면 이런 일이 있었는지도 모른다

내가
돌아서
출렁거리는
어둠 속으로 빠져 들어갈 때

너는 발을 동동 구르며
부서지기 시작했다
아무 소리도
들리지 않았다

(나는 너를 사랑했다
나는 네가 잠자는 두 평 방(房)이었다
인형(人形) 몇 개가 같은 표정으로 앉아 있고
액자 속의 교회(敎會)에서는 종소리가 들리는……
나는 너의 방(房)이었다
네가 바라보는 풀밭이었다
풀밭 옆으로 숨죽여 흐르는 냇물이었다
그리고 나는 아무것도 아니었다
문득 고개를 떨군 네
마음 같은,
한줌
공기(空氣)였다)

세월이라는 말이 어딘가에서 나를 발견할 때마다

하늘이 눈더미처럼 내려앉고 전깃줄 같은 것이
부들부들 떨고 있는 것을 본다 남들처럼
나도 두어 번 연애(戀愛)에 실패했고 그저 실패했을
뿐, 그때마다 유행가가 얼마만큼 절실한지
알았고 노는 사람이나 놀리는 사람이나 그리
행복하지 않다는 것을 알아야 했다 세월은
언제나 나보다 앞서 갔고 나는 또 몇 번씩
그 비좁고 습기 찬 문간(門間)을 지나가야 했다

## 다시, 정든 유곽에서

1

우리는 어디에서 왔나 우리는 누구냐
우리의 하품하는 입은 세상보다 넓고
우리의 저주는 십자가보다 날카롭게 하늘을 찌른다
우리의 행복은 일류 학교 뱃지를 달고 일류 양장점에서
재단되지만 우리의 절망은 지하도 입구에 앉아 동전
떨어질 때마다 굽실거리는 것이니 밤마다
손은 죄(罪)를 더듬고 가랑이는 병약한 아이들을 부르며
소리 없이 운다 우리는 어디에서 왔나 우리는 누구냐
우리의 후회는 난잡한 술집, 손님들처럼 붐비고
밤마다 우리의 꿈은 얼어붙은 벌판에서 높은 송전탑처럼
떨고 있으니 날들이여, 정처 없는 날들이여 쏟아 부어라
농담과 환멸의 꺼지지 않는 불덩이를 발차(發車)의 유리창 같은
우리의 입에 말하게 하라 우리가 누구이며 어디에서 왔는지를

2

철든 그날부터 변은 변소에서 보지만 마음은 늘 변 본

그 자리를 떠나지 못하고, 명절날 고운
옷 입은 채 뒹굴고 웃고 연애하고……
우리는 정든 마굿간을 떠나지 못하며

무덤 속에 파랑새를 키우고 잡아먹고
무덤 위에 애들을 태우고 소풍 나간다 빨리 달린다
참 구경 좋다 때때로

스캔들이 터진다 색(色)이 등등한 늙은이가
의붓딸을 범(犯)하고 습기 찬 어느 날 밤 신혼부부(新婚夫婦)는
연탄 가스로 죽는다 알몸으로, 그 참 구경 좋다

철든 그날부터 변은 변소에서 보지만 마음은 늘 변 본 그 자리를 떠나지 못하고, 악에 받친 소년들은
소주 병을 깨고 제 팔뚝을 그어도……
여전히 꿈에 부푼 식모애들은 때로, 사생아(私生兒)를 낳지만

언젠가, 언젠가도 정든 마굿간에서 한 발자국, 떼어 놓기를 우리는 겁내며

3

우리는 살아 있다 살아 손가락을 발바닥으로 짓이긴다
우리는 살아 있다 애써 모은 돈을 인기인과 모리배들에게 헌납한다
우리의 욕망은 백화점에서 전시되고 고층 빌딩 아래 파묻히기도 하며
우리가 죽어도 변함 없는 좌우명 인내! 도대체 어떤 사내가
새와 짐승과 나비를 만들고 남자와 여자를 만들고 제7일에
휴식하는가 새는 왜 울고 짐승은 무얼 믿고 뛰놀며 나비는
어찌 그리 고운 무늬를 자랑하는가 무슨 낙으로 남자는 여자를 끌어안고
엉거주춤 죽음을 만드는가 우리는 살아 있다 정다운 무덤에서 종소리,

종소리가 들릴 때까지 후회, 후회, 후회의 종소리가 그칠 때까지

4

때로 우리는 듣는다 텃밭에서 올라오는
노오란 파의 목소리 때로 우리는 본다
앞서 가는 사내의 삐져 나온 머리칼 하나가
가리키는 방향(方向)을 무슨 소린지 어떻게, 어떻게
하라는 건지 알 수 없지만 안다 우리가
잘못 살고 있음을 때로 눈은 내린다
참회의 전날 밤 무릎까지 쌓이는 표백된 기억(記憶)들
이내 질퍽덕거리며 낡은 구두를 적시지만
때로 우리는 그리워한다 힘 없는 눈송이의
모질고 앙칼진 이빨을 때로 하염없이 밀리는
차(車)들은 보여 준다 개죽음을 노래하는 지겹고
숨막히는 행진을 밤마다 공장 굴뚝들은
거세고 몽롱한 사랑으로 별길을 가로막지만
안다 우리들 시(詩)의 이미지는 우리만큼 허약함을
안다 알고 있다 아버지 허리를 잡고 새끼들의

손을 쥐고 이 줄이 언제 끝나는지 뭣하러 줄
서는지 모르고 있음을

5

우리가 이길 수 있는 것은 낡은 구두에 묻은 눈 몇 송이
우리가 부를 수 있는 것은 마음속에 항시 머무는 먹장구름
우리가 예감할 수 있는 것은 더럽힌 핏줄 더럽힌 자식
병차(兵車)는 항시 밥상을 에워싸고 떠나지 않고 꿈틀거리는 것은, 물결치는 것은
무거운 솜이불 아, 이 겨울 우리가 이길 수 있는 것은
안개 낀 길을 따라 무더기로 지워지는 나무들
우리의 후회는 눈 쌓인 벌판처럼 끝없고 우리의 피로는
죽음에 닿는 강(江) 한 끼도 거름 없이 고통은 우리의 배를
채우고 담뱃불로 지져도, 얼음판에 비벼도 안 꺼지는 욕정
보석(寶石)과 향료(香料)로 항문을 채우고서 아, 이 겨울 우리가
이길 수 있는 것은 잠 깬 뒤의 하품, 물 마신 뒤의 목마름
갈 수 있을까

언제는 몸도
마음도
안 아픈 나라로
귓속에
복숭아꽃 피고
노래가
마을이 되는
나라로
갈 수 있을까
어지러움이
맑은 물
흐르고
흐르는 물따라
불구(不具)의 팔다리가
흐르는 곳으로
갈 수 있을까
죽은 사람도 일어나
따뜻한 마음 한잔
권하는 나라로

아,                                갈 수 있을까

언제는

몸도

마음도

안 아픈

나라로

6

그리고 어느 날 첫사랑이 불어닥친다
그리고 어느 날 기다리고 기다리던 사람이 온다
무너진 담벽, 늘어진 꿈과 삐죽 솟은 법(法)을
가뿐히 타 넘고 온다 아직 눈 덮인 텃밭에는
싱싱한 파가 자라나고 동네 아이들은
지붕 위에 올라가 연을 날린다 땅에 깔린다
노래는 땅에 스민다 그리고 어느 날 집들이
하늘로 떠오르고 고운 바람에 실려 우리는
멀리 간다 창가에 서서 빨리 바뀌는
풍경을 바라보며 도란도란 이야기한다
상상도 못 할 졸렬한 인간들을 그곳에서

만났다고…… 그리고 어느 날 다시 흙구덩이 속에
추락할 것이다 뱃가죽으로 기어갈 것이다
사랑해, 라고 중얼거리며 서로 모가지를 물어
뜯을 것이다 그리고 어느 날 아무것도 다시는
불어닥치지 않고 기다림만 남아 흐를 것이다

# 황지우

1952년 전남 해남 출생. 1980년 《중앙일보》 신춘문예로 등단. 『새들도 세상을 뜨는구나』(문학과지성사, 1983)로 제3회 김수영 문학상 수상. 시집 『겨울—나무로부터 봄—나무에로』, 『게 눈 속의 연꽃』, 『저물면서 빛나는 바다』, 『나는 너다』, 『어느 날 나는 흐린 주점(酒店)에 앉아 있을 거다』, 『오월의 신부』가 있다. 백석문학상, 현대문학상, 소월시문학상, 대산문학상 수상.

# 연혁(沿革)

선달 스무아흐레 어머니는 시루떡을 던져 앞 바다의 흩어진 물결들을 달래었습니다. 이튿날 내내 청태(靑苔)밭 가득히 찬비가 몰려왔습니다. 저희는 우기(雨期)의 처마 밑을 바라볼 뿐 가난은 저희의 어떤 관례와도 같았습니다. 만조(滿潮)를 이룬 저의 가슴이 무장무장 숨 가빠하면서 무명옷이 젖은 저희 일가(一家)의 심한 살냄새를 맡았습니다. 빠른 물살들이 토방문(土房門)을 빠져나가는 소리를 들으며 저희는 낮은 연안(沿岸)에 남아 있었습니다.

모든 근경(近景)에서 이름 없이 섬들이 멀어지고 늦게 떠난 목선(木船)들이 그사이에 오락가락했습니다. 저는 바다로 가는 대신 뒤안 장독의 작게 부서지는 파도 소리를 들었습니다. 빈 항아리마다 저의 아버님이 떠나신 솔섬 새울음이 그치질 않았습니다. 물 건너 어느 계곡이 깊어 가는지 차라리 귀를 막으면 남만(南灣)의 멀어져 가는 섬들이 세차게 울고울고 하였습니다.

어머니는 저를 붙들었고 내지(內地)에는 다시 연기가 피어올랐습니다. 그럴수록 근시(近視)의 겨울 바다는 눈부신 저의 눈시울에서 여위어 갔습니다. 아버님이 끌려가신 날도 나루터 물결이 저렇듯 잠잠했습니다. 물가에 서면 가끔 지친 물새 떼가 저의 어지러운 무릎까지 밀려오기도 했습니다. 저는 어느 외딴 물나라에서 흘러들어 온 흰 상여꽃을 보는 듯했습니다. 꽃 속이 너무나 환하여 저는 빨리 잠들고 싶었습니다. 언뜻언뜻 어머니가 잠든 태몽(胎夢) 중에 아버님이 드나드시는 것이 보였고 저는 석화(石花)밭을 넘어가 인광(燐光)의 밤바다에 몰래 그물을 넣었습니다. 아버님을 태운 상여꽃이 끝없이 끝없이 새벽물을 건너가고 있습니다.

삭망(朔望) 바람이 불어왔습니다. 그러나 바람 속은 저의 사후(死後)처럼 더 이상 바람 소리가 나지 않고 목선(木船)들이 빈 채로 돌아왔습니다. 해초 냄새를 피하여 새들이 저의 무릎에서 뭍으로 날아갔습니다. 물가 사람들은 머리띠의 흰 천을 따라 내지(內地)로 가고 여인들은 환생(還生)을 위해 저 우기(雨期)의 청태(靑苔)밭 넘어 재배삼배(再拜三拜) 흰떡을 던졌습니다. 저는 괴로워하는 바다의 내심(內心)으로 내려가 땅에 붙어 괴로워하는 모든 물풀들을 뜯어 올렸습니다.

내륙(內陸)에 어느 나라가 망하고 그 대신 자욱한 앞바다에 때아닌 배추꽃들이 떠올랐습니다. 먼 훗날 제가 그물을 내린 자궁(子宮)에서 인광(燐光)의 항아리를 건져 올 사람은 누구일까요.

# 제1회 김수영 문학상(第一回 金洙映 文學賞)

그래도 이런 스캔들이라도 있어서 좋다
그래도, 아니, 스캔들이니까 더욱 좋다
그리고 이것이 스캔들이니까 더욱 좋다
그리고 이 스캔들은 그의 생애의 스캔들이다
박모와 이모를 까고 여편네 몰래 미녀(美女)를 만나고 오입하고
남이 상 받으면 쫓아가서 깽판이나 놓고
남방 셔츠 호주머니에 돈이 있는 게 빤히 비쳐도
술값 한번 안 내었던
그의 잡음이, 거제도 포로 수용소에서 간호원과 거즈나 접고
장당 이삼십 원 하는 번역질을 하고
양계장을 하고 실패하고
직장 알아보러 아침에 나가면서 어머님께 인사하고
"얘야 넌 외국엘 나가야 필 운이래드라"
그래서 마누라와 싸우고
가족을 증오했던, 그의 도덕성, 반동성보다, 난 더 좋다
난 그게 더 좋다
요즘처럼 삼엄한 세상에

문학평론가이자 국립대학교 교수인 사람 1과 문학평론가이자 국립대학교 교수인 사람 2가,

문학평론가이자 사립대학교 교수인 사람 3과 시인이자 국립대학교 교수인 사람 4,

그리고 유가족들이 한자리에 앉을 수 있다는 것, 그들을
한자리에 앉게 했다는 것, 그것도
그의 업보지 잘못 아니다
그의 업적은, 그의 균열은
제1회 수상자 시인으로도 메꿀 수 있다,
없다가 아니다
그 균열이 넓어지도록
좀 더 벌어지도록 무너지도록
그의 풀잎의 눕고 일어서는 계시론적 단순 동작이
보일 때까지, 그의 한없이 넓어지는 소음에
사다리를 떼는 일이리라
시(詩)의 사다리를 떼는 일이리라

# 김광규

1941년 서울 출생. 1975년《문학과지성》으로 등단. 『아니다 그렇지 않다』(문학과지성사, 1983)로 제4회 김수영 문학상 수상. 시집 『우리를 적시는 마지막 꿈』, 『크낙산의 마음』, 『좀팽이처럼』, 『아니리』, 『물길』, 『가진 것 하나도 없지만』, 『처음 만나던 때』, 『시간의 부드러운 손』, 『하루 또 하루』, 시 선집 『희미한 옛사랑의 그림자』, 『누군가를 위하여』가 있다. 오늘의작가상, 대산문학상, 편운문학상 외 독일 예술원이 수여하는 프리드리히 군돌프 문화상 등 수상.

# 오래된 물음

누가 그것을 모르랴
시간이 흐르면
꽃은 시들고
나뭇잎은 떨어지고
짐승처럼 늙어서
우리도 언젠가 죽는다
땅으로 돌아가고
하늘로 사라진다
그래도 살아갈수록 변함없는
세상은 오래된 물음으로
우리의 졸음을 깨우는구나
보아라
새롭고 놀랍고 아름답지 않으냐
쓰레기터의 라일락이 해마다
골목길 가득히 뿜어내는
깊은 향기
볼품없는 밤송이 선인장이
깨어진 화분 한 귀퉁이에서
오랜 밤을 뒤척이다가 피워 낸
밝은 꽃 한 송이

연못 속 시커먼 진흙에서 솟아오른
연꽃의 환한 모습
그리고
인간의 어두운 자궁에서 태어난
아기의 고운 미소는 우리를
더욱 당황하게 만들지 않느냐
맨발로 땅을 디딜까 봐
우리는 아기들에게 억지로
신발을 신기고
손에 흙이 묻으면
더럽다고 털어 준다
도대체
땅에 뿌리박지 않고
흙도 몸에 묻히지 않고
뛰놀며 자라는
아이들의 팽팽한 마음
튀어오르는 몸
그 샘솟는 힘은
어디서 오는 것이냐

## 어떤 고백

나는 몰지각한 남자였는지도 모른다. 여자가 되고 싶었으니 말이다.

매일 수염을 깎아야 한다든지, 여름에도 긴 바지를 입고 땀을 흘려야 한다든지, 나라를 지키면서 돈을 벌어야 한다든지 이런 것들이 싫어서가 아니었다.

아무나 사랑해도 안 되고, 아무나 싫어해도 안 되고, 그렇다고 가만히 있을 수도 없고, 이기지 못하면 지는 수밖에 없는 남자 노릇이 싫어졌기 때문이었다.

그러나 정작 여자가 되어 이 세상의 모든 남자들을 — 대학생, 부두 노동자, 농민, 막벌이꾼, 실직자, 경찰, 범죄자, 엔지니어, 선원, 고물장수, 군인, 정치가, 상인, 브로커 등을 가리지 않고 몸소 사랑하자 남자들은 나를 화냥년이라 불렀고, 여자들은 나에게 침을 뱉었다.

남자들의 관습과 여자들의 질서를 지키지 않은 죄로 하마터면 감옥에까지 끌려갈 뻔했다. 여자 노릇은 더욱 힘든 것 같았다.

이제는 남자도 아니고 여자도 아닌, 즉 사람이 아닌 무엇이 되고 싶었다.

그리하여 지난봄에 나는 한 마리의 개가 되었다. 네 발로 달리는 것이 두 발로 뛰는 것보다 훨씬 빠르다는 사실을 새삼 느낄 무렵 계절은 여름으로 접어들었다.

사람들은 닥치는 대로 개들을 잡아다 두들겨 죽이고 끓는 보신탕 솥에 집어넣었다. 수많은 나의 동족들이 순전히 재수가 나빠 목숨을 잃었다.

이 길고 지긋지긋한 여름을 한번 짖어 보지도 못하고 숨어서 견뎌 낸 것은 결코 나의 능력이 아니었다. 아직도 살아 있긴 하지만 나는 이미 개다운 개도 못 된다.

보신탕을 먹지 않는 나라, 개들의 천국은 어디 있는가.

# 최승호

1954년 강원도 춘천 출생. 1977년《현대시학》으로 등단. 『고슴도치의 마을』(문학과지성사, 1985)로 제5회 김수영 문학상 수상. 시집 『대설주의보』, 『진흙소를 타고』, 『세속도시의 즐거움』, 『회저의 밤』, 『반딧불 보호구역』, 『눈사람』, 『여백』, 『그로테스크』, 『모래인간』, 『아무것도 아니면서 모든 것인 나』, 『고비』, 『북극 얼굴이 녹을 때』, 『아메바』, 『허공을 달리는 코뿔소』가 있다. 오늘의작가상, 이산문학상, 대산문학상, 현대문학상, 미당문학상 수상.

# 무서운 굴비

나는 왜 굴비를 두려운 존재라고 말해야 하나
석쇠 위에 구워 먹거나 찌개 끓여도
얌전히 있는
저 무력하기 짝이 없는 굴비를

굴비는
소금에 절여 통째로 말린 조기라 한다.
혹은 건석어(乾石魚)

굴비, 나의 적(敵), 나의 반역(反逆), 나의 비굴
비굴한 삶은 통째로
굴비를 닮아 간다
그물을 뒤집어쓰고 퍼덕이다가
결국 장님에 벙어리
귀머거리가 된 굴비를
나는 왜 두려운 존재라고 말해야 하나

## 내 영혼의 북가시나무

하늘에서 새 한 마리 깃들지 않는
내 영혼의 북가시나무를
무슨 무슨 주의(主義)의 엿장수들이 가위질한 지도 오래되었다
이제 내 영혼의 북가시나무엔
가지도 없고 잎도 없다
있는 것은 흠집투성이 몸통뿐.

허공은 나의 나라, 거기서는 더 해 입을 것도 의무도 없으니
죽었다 생각하고 사라진 신목(神木)의 향기 맡으며 밤을 보내고

깨어나면 다시 국도변(國道邊)에 서 있는 내 영혼의 북가시나무,
귀 있는 바람은 들었으리라
원치 않는 깃발과 플래카드들이
내 앙상한 몸통에 매달려 나부끼는 소리,
그 뒤에 내 영혼이 소리 죽여 울고 있는 소리를,

봄기운에
대장간의 낫이 시퍼런 생기를 띠고
톱니들이 갈수록 뾰족하게 빛이 나니
살벌한 몸통으로 서서 반역하는 내 영혼의 북가시나무여

잎사귀 달린 시를, 과일을 나눠 주는 시(詩)를
언젠가 나는 쓸 수도 있으리라 초록과 금빛의 향기를 뿌리는 시(詩)를
하늘에서 새 한 마리 깃들어
지저귀지 않아도

# 김용택

1948년 전북 임실 출생. 1982년 시 선집 『꺼지지 않는 횃불로』에 「섬진강 1」 등을 발표하며 등단. 『맑은 날』(창비, 1986)로 제6회 김수영 문학상 수상. 시집 『섬진강』, 『누이야 날이 저문다』, 『강 같은 세월』, 『꽃산 가는 길』, 『그 여자네 집』, 『나무』, 『연애 시집』, 『그래서 당신』, 『수양버들』, 『속눈썹』, 『키스를 원하지 않는 입술』 등이 있다. 소월시문학상, 윤동주문학대상 수상.

# 외로운 마음에 등불을 달고

— 은인(恩寅)에게

외로움이 안 되어 외로울 땐
외로운 마음을 달래며
기러기 나는 노을을 따라
해 저무는 강물로 가 보자.
해 저문 강변에
우리들의 슬픈 시같이
저문 바람에 흔들리며
어둠 속에 피어나는
가난한 고향 식구들의 눈물 같은 꽃 송이송이
우리 야윈 어깨를 서로 기대고
소리없이 저무는
오래된 강물을 바라보자.

바람은 쌀쌀하고
세월이 간다 소쩍새 저리 울어 대니
달이라도 맘껏 떠오르면 좋으련만
꽃들은 어둠 속에 피어 괴롭고
뜨건 눈물 복받치는
동강 난 조국의 이 아픔들

별들이 구름 속에 숨는다.

봄부터 가을 끝까지
강에까지 왔다갔다하는
너와 나 사이
봄부터 가을 끝까지 꽃이 다 지고
잔잔한 사랑에
아픈 숨결같이
물결이 인다 이 겨울이 간다.

아아, 우리들의 외로움이
이 가을 마른 풀잎들같이
서로 머리 부벼 우는 슬픔일지라도
우리 외로운 마음에
따순 등불을 달고
가을 시린 바람 끝에서
어둠을 뚫고 달려오는
눈송이를 비춰 보자
우리 야윈 어깨에 내리는 눈을

서로 털어 주며
우리 허전한 등 뒤
끝내 이길 가난의 강물 위에
겁도 없이 사라지는
깨끗한 사랑 같은 눈송이를.

# 우리 땅의 사랑 노래

내가 돌아서드래도
그대 부산히 달려옴같이
그대 돌아서드래도
내 달려가야 할
갈라설래야 갈라설 수 없는
우리는 갈라져서는
디딜 한 치의 땅도
누워 바라보며
온전하게 울
반 평의 하늘도 없는
굳게 디딘 발밑
우리 땅의 온몸 피 흘리는 사랑같이
우린 찢어질래야 찢어질 수 없는
한 몸뚱어리
우린 애초에
헤어진 땅이 아닙니다.

# 장정일

---

1962년 경북 달성 출생. 1984년 무크지《언어의 세계》에「강정 간다」외 4편의 시를 발표하며 등단.『햄버거에 대한 명상』(민음사, 1987)으로 제7회 김수영 문학상 수상. 시집『길안에서의 택시잡기』등이 있다.

# 도망 중

한 사나이가 있다. 그는 도망 중이었다.
한 사나이는 새침한 여자와 만난다 그녀는
예뻤고 그녀는 귀여웠고 도망 중이었고
사나이는 그녀가 좋다. 한 남자가
한 여자를 사랑할 때, 사내는 매일
구두를 반짝거리게 닦지요 붉은 장미를
사지요 비 오는 공원에서 기다리지요.
그러던 어느 날 사내는 그녀에게
구혼을 한다. 그들은 결혼을 하고 신접
살림을 차린다. 그 살림은 도망 중이었다.

한 사나이가 있다. 그는 묻는다
한 사나이가 있다. 그는 아내에게
묻는다. 아직 소식이 없어, 왜 그렇지?
그날 밤 남자와 여자는 한 번 더 간다.
아직도? 남자와 여자는 한 번 더 간다.
아직도? 한 번 더 간다. 아직도? 아직도야?
사나이는 초조해서 유순하고 순한 개 한 마리를
사 온다. 사나이는 메리라고 부르며 그 개의

목을 끌어안는다. 그때 메리는 그 사내의
강한 팔뚝 속에 있는 것 같아 보인다 그러나
그 개 또한 도망 중이었다.

한 사나이가 있다. 어느 날 그는
아내의 뺨을 한 대 갈긴다.
기분이 언짢아 갈긴다. 아내는 울음을
참고 따진다. 메리가 누구예요, 메리가 대체,
메리가 누구냔 말예요? 사나이는 대답
하지 않는다. 그제서야 아내는 운다.
한 구석에 구겨져서 조용히 운다. 울며
아내는 짐을 싼다. 다시는 돌아오지 않겠어요
아내는 짐을 싼다. 깨끗이 끝장 내기로 해요
그러기에 두 사람이 함께 도망 다니는 일은 힘이
든다. 그들은 이제 따로 도망하기로 한다.

그러던 어느 날 아이가 태어난다. 도망 중에
무관심 중에, 고대 중에, 기다리고 기다리던 그
어떤 시간 중에, 불어 오른 메리

몸에서 아이가 태어난다. 사나이는 돈을 지불
한다 돈을 준다. 메리는, 내가 키우겠어요
요만큼 가지고는 어림없어요! 물론 사내는
좀 더 준다. 그리고 아카시아향에 젖은 아이
무죄에 쌓인 아이와 홀로 산다. 살며
사나이는 발가벗은 아이의 몸뚱이를 꼭 껴안아
자기 귀에 대어 본다. 심장이 뛰는 소리가 여리게 들린다.
확, 확, 확, 확, 확, 아이는 저 혼자 도망하고 있었다.

## 햄버거에 대한 명상

—가정 요리서로 쓸 수 있게 만들어진 시

옛날에 나는 금이나 꿈에 대하여 명상했다
아주 단단하거나 투명한 무엇들에 대하여
그러나 나는 이제 물렁물렁한 것들에 대하여도 명상하련다

오늘 내가 해 보일 명상은 햄버거를 만드는 일이다
아무나 손쉽게, 많은 재료를 들이지 않고 간단히 만들 수 있는 명상
그러면서도 맛이 좋고 영양이 듬뿍 든 명상
어쩌자고 우리가 〈햄버거를 만들어 먹는 족속〉 가운데서
빠질 수 있겠는가?
자, 나와 함께 햄버거에 대한 명상을 행하자
먼저 필요한 재료를 가르쳐 주겠다. 준비물은

햄버거 빵 2
버터 1 1/2큰 술
쇠고기 150g
돼지고기 100g
양파 1 1/2

달걀 2

빵가루 2컵

소금 2작은 술

후춧가루 1/4작은술

상추 4잎

오이 1

마요네즈 소스 약간

브라운 소스 1/4컵

위의 재료들은 힘들이지 않고 당신이 살고 있는 동네의
믿을 만한 슈퍼에서 구입할 수 있을 것이다. — 슈퍼에
가면
모든 것이 위생 비닐 속에 안전히 담겨 있다. 슈퍼를 이
용하라 —

먼저 쇠고기와 돼지고기는 곱게 다진다
이때 잡념을 떨쳐라, 우리가 하고자 하는 이 명상의 첫
단계는
이 명상을 행하는 이로 하여금 좀 더 훌륭한 명상이 되

도록

매우 주의 깊게 순서가 만들어졌는데

이 첫 단계에서 잡념을 떨치지 못하면 손가락이 날카로운 칼에

잘려, 명상을 포기하지 않으면 안 되도록 장치되어 있다

쇠고기와 돼지고기를 곱게 다졌으면,

이번에는 양파 한 개를 곱게 다져 기름 두른 프라이팬에 넣고

노릇노릇할 때까지 볶아 식혀 놓는다

소리 내며 튀는 기름과 기분 좋은 양파 향기는

가벼운 흥분으로 당신의 맥박을 빠르게 할 것이다

그것은 당신이 이 명상에 흥미를 느낀다는 뜻이기도 한데

흥미가 없으면 명상이 행해질 리 만무하고

흥미가 없으면 세계도 없을 것이다

이것이 끝난 다음,

다진 쇠고기와 돼지고기, 빵가루, 달걀, 볶은 양파,

소금, 후춧가루를 넣어 골고루 반죽이 되도록 손으로 치댄다

얼마나 신 나는 명상인가. 잠자리에서 상대방의 그곳을 만지는 일만큼
우리의 촉각을 행복하게 사용할 수 있는 순간은,
곧 이 순간,
음식물을 손가락으로 버무리는 때가 아니던가

반죽이, 충분히 끈기가 날 정도로 되면
네 개로 나누어 둥글납작하게 빚어 속까지 익힌다
이때 명상도 따라 익는데, 뜨겁게 달구어진 프라이팬에
반죽된 고기를 올려놓고 일 분이 지나면 뒤집어서 다시 일 분간을 지져
겉면만 살짝 익힌 다음 불을 약하게 하여 — 이렇게 하기 위해서는
절대 가스레인지가 필요하다 — 뚜껑을 덮고 은근한 불에서
중심에까지 완전히 익힌다. 이때
당신 머릿속에는 햄버거를 만들기 위한 명상이 가득 차 있어야 한다
머리의 외피가 아니라 머리 중심에, 가득히!

그런 다음,

반쪽 남은 양파는 고리 모양으로

오이는 엇비슷하게 썰고

상추는 깨끗이 씻어 놓는데

이런 잔손질마저도

이 명상이 머릿속에서만 이루고 마는 것이 아니라

명상도 하나의 훌륭한 노동임을 보여 준다

그 일이 잘 끝나면,

빵을 반으로 칼집을 넣어 벌려 버터를 바르고

상추를 깔아 마요네즈 소스를 바른다. 이때 이 바른다는 행위는

혹시라도 다시 생길지 모르는 잡념이 내부로 틈입하는 것을 막아 준다.

그러므로 버터와 마요네즈를 한꺼번에 쳐바르는 것이 아니라

약간씩, 스며들도록 바른다

그것이 끝나면,

고기를 넣고 브라운 소스를 알맞게 끼얹어 양파, 오이를 끼운다.

이렇게 해서 명상이 끝난다

이 얼마나 유익한 명상인가?

까다롭고 주의 사항이 많은 명상 끝에

맛이 좋고 영양 많은 미국식 간식이 만들어졌다

# 김정웅

1944년 경기도 김포 출생. 1974년《현대문학》으로 등단.『천로역정, 혹은』(문학과지성사, 1988)으로 제8회 김수영 문학상 수상. 시집『배우일지』,『마른 작설잎 기지개 켜듯이』등이 있다.

## 천로역정(天路歷程), 혹은

— 바람이 이는 까닭은

물기 잔잔한 가슴도 어느 땐 불쑥
못 견디게 활활 불길이 일고
그날은 어김없이 세찬 바람이 또 일고
그 바람결에 떠밀려서 내 가는 곳
내 몸 가는 곳이지만 어찌 알 수가 있나요?

어딘가 생각 없이 마구 달려가다간
이유 없이 택시를 급히 잡아타고선
어이없이 어느 역사(驛舍)에 무작정 앉았다간
다시 돌아나와선 휘적휘적 걷다가
문득, 슬며시 사라지는 바람……

어디에서 싱겁게 술 취해 잠드는지
그러다간 어느 때고 또 잠 깨어나면
어지러운 머리를 획 돌려세워
뜻 모를 산꼭대기로 산꼭대기로
회오리쳐 몇 바퀴 미친 듯이 맴돌다가
곧장, 거북이 잔등 같은 우리 집
낡은 지붕 밑으로

달려오는 그 마음 내 알 수가 있나요?

물오른 생솔가지도 비비적거려
그 물기도 끝끝내 불질러서는
흙 속으로 하늘로 되돌려 보내는
동남방 그 바람의 짓궂은 마음,
그 마음을 내 어찌 알 수가 있나요?

그러나 한 가지 짐작되는 건
바람은 제 몸뚱일 흔들기 위해
솔가지도 흔들고 나도 흔들어 보는 거라.
사람 눈엔 보이지 않는 몸일지라도
이따금씩 제 몸뚱이도 내보이고 싶어
살아 있다는 걸 사람에게 보이고 싶어서
귀찮게 남의 단잠도
흔들어 깨우는 것일 거라.

# 천로역정(天路歷程), 혹은

— 사랑, 그 잦은 한 잎

꽃은 온갖 빛깔과 향기로 다투듯이 곱고
잎은 초록 한 가지로 오직 편안하니

꽃은
일찍 시들며
일찍 시들매 그 모습 더욱 가련코
마음 서럽고 서글플지나

잎은
늦서리 나중에 맞고 또 맞으며
비로써 홍황(紅黃)으로 어슷비슷 물드니
가지 끝마다
지는 뒷모습 또한 고요한데

그 누가 저들의 일생(一生)을 두고서
꽃과 잎
그 어느 쪽이
더 아름답다, 함부로 말할 수 있으랴.

# 이하석

1948년 경북 고령 출생. 1971년 《현대시학》으로 등단. 『우리 낯선 사람들』(세계사, 1989)로 제9회 김수영 문학상 수상. 시집 『투명한 속』, 『김씨의 옆얼굴』, 『측백나무 울타리』, 『금요일엔 먼데를 본다』, 『녹』, 『고령을 그리다』, 『것들』, 『상응』이 있다. 도천문학상, 김달진문학상 등 수상.

# 유리 속의 폭풍

구름이 푸른 갈기를 휘날리면서 전신주를 꺾는다.
흰 기둥들은 꺾인 채 완강하게 서 있고,
전선들은 끊어진 채 전신주와 구름 사이를 토막토막 잇고 있다.
그 아래 어두운 건물들의 덩어리가 뭉쳐진 채 솟아오른다.

신호등 아래서, 솟아오르는 은사시나무의 윗가지 너머
푸른 신호등이 건너편 인도 위로 켜지길 기다린다.
푸르고 노란, 또는 남빛의, 검은 차들은
은사시나무 새로 솟는 윗가지 위로 솟아오르는 소리만 뒤섞으며
나의 앞을 어지럽게, 어디론가 내가 가야 할 곳으로
또는 결코 가 볼 수 없는 곳으로
또는 그런 곳들로부터 와선 또 어디론가로 가 버린다.
나는 기다려야 한다. 푸른 신호등이 켜질 때까지는 어쩔 수 없이
길 건너 온통 거울로 벽을 바른 금융회사 육 층 건물의
거울 속에 비쳐 있어야 한다. 폭풍의 구름 아래
솟아오르는 어두운 건물들의 덩어리 아래

너무 어두워 이쪽에선 보이지 않지만
나는 조그만 덩어리로 비쳐 있어야 한다.

구름의 갈기가 뒤섞이면서 전신주가 꺾인다.
심상치 않는 폭풍이 오려나 보다.
내가 길을 건너갈 때에도 솟아오르는 어두운 건물의 덩어리 아래로
나는 보이지 않고 검기만 한 그 속에
푸른 신호등만이 켜져 있다.
푸른 신호등 아래 은사시나무 가로수와 나는 안 보인다.
다만 빨리 건너가야 할 뿐이다. 건너가서 재빨리
저 유리를 빠져나가야 할 뿐이다.
나는 그 속에 없는 거나 마찬가지다.
내 눈에 내가 안 보였으니까. 그리고 나는
모든 것을 휘젓는 폭풍을 그 속에서 보았으니까.

## 초록의 길

때때로 가벼운 주검이
아주 가까운 데서 만져지는 수가 있다.
11월의 오후, 차고 마른 풀잎들이 모여 있는
도시 변두리 또는 도심의 공터의
푸른 빛이 먼지와 함께 흩어지는 곳에서.

방아깨비 한 마리를 내가 사는 아파트의 빈터에서 서성대다 발견했다. 아이들의 노랫소리 가까이 그 주검은 아무도 몰래 버려져 있었다. 바랭이풀의 마른 잎 사이에서 서걱이는 것을, 처음에 나는 빈터 멀리서 날아온 은사시나무 가로수의 마른 잎인 줄 알았다. 그것은 속날개였다. 바깥을 덮었던 초록 외피의 튼튼한 겉날개는 떨어져 나가고, 속날개는 끝이 찢긴 채 몸체에 겨우 붙어 바람에 미세하게 흔들렸다. 흡사 죽어 간 방아깨비의 몸을 떠나, 방아깨비의 초록 영혼을 이 도시의 하늘 위로 날리려는 것처럼. 통통했던, 미세한 물결 무늬로 마디를 이루었던 배는 벌레에게 뜯겨 나가, 속이 비어 있었다. 머리 역시 반쯤 뜯겨 나가, 속이 비어 있었다. 껍질뿐인 몸으로 바람에 조금씩 날개 파닥이며 닳아 갔다. 우리가 사는 도시의 밑바닥에는 칼날의 바람이 끊임없이 불어 댔다. 나는 풀밭을 계속 걸어다녔다. 잠시 후 풀섶 아래서 풀무치의 주검을 보았다. 이어서 여치와 잠자리의 주검들을 보았다. 그러나 이 주검들 앞에서 애통해할 까닭은 없다.

가난하게 떨어져 땅에 눕는
내 시간의 따스한 집이여 주검이여
살아 있던 날들의 모든 기억을 고마워하며
우리 함께 여기에 눕느니
내 존재의 끝이자 시작인 너의 가슴에
지금 고요히 누워 있으니

풀무치와 방아깨비, 여치, 잠자리 들은 그들의 빛나는 날개로 여름을 분주히 날았고, 어쩌다 이곳까지 왔었고, 죽을 때가 되어서 죽은 것이다. 그 이상은 아무것도 아니다. 다만 이 아파트의 가까운 이웃이 죽었을 때, 애통해하는 가족들의 울음 속으로 여치 울음이 끊임없이 들렸음을 나는 슬퍼한다. 죽은 이는 밧줄에 묶여 지상에 내려가 장의차를 타고 도심을 빠져나갔다. 이 도시와 산을 눈물로 이은 길을 만들면서. 또 나는, 사랑하는 이를 그릴 때 풀벌레의 울음을 끊임없이 들어야 하는 길고 고적한 밤도 보냈다. 내가 발견한 풀벌레의 주검들은 그때 내 영혼을 흔들던 그것들이었으리라. 지금은 모든 풀벌레 소리도 끊기고, 밤은 너무나 고요하다. 모든 풀벌레들의 울음은 죽었다. 그러나 나는 그것들 하나하나가 온 길을 비로소 찾아 나설 마음이 인다. 풀무치는 초록의 길을 따라, 산이나 들에서 이 도시의 깊은 곳으로 왔다. 처음엔 들판에서 쉽게 이어진 초록의 길이 도시 변두리의 빈터로 이어졌으리라. 그다음엔 우리가 모르는 풀에서 풀로 이어진 길이 풀무치를 미세하게 이끌었으리라. 그렇다, 이 도심의 회색 콘크리트의 세계에도 자세히 보면 — 풀무치의 눈으로 보면 — 들과 산으로 이어진 초록의 길이 있다. 아무도 찾으려 하지 않는 그런 신비한 길이. 단순하게 자연이라 단정 지을 수는 없지만 우리 삶 속에는 그렇게 열린 길이 있다.

# 조정권

---

1949년 서울 출생. 1970년 《현대시학》으로 등단. 『산정묘지』(민음사, 1991)로 제10회 김수영 문학상 수상. 시집 『비를 바라보는 일곱 가지 마음의 형태』, 『시편』, 『허심송』, 『하늘이불』, 『신성한 숲』, 『떠도는 몸들』, 『고요로의 초대』가 있다. 소월시문학상, 현대문학상, 목월문학상 수상.

## 산정묘지(山頂墓地) · 1

겨울 산을 오르면서 나는 본다.
가장 높은 것들은 추운 곳에서
얼음처럼 빛나고
얼어붙은 폭포의 단호한 침묵.
가장 높은 정신은
추운 곳에서 살아 움직이며
허옇게 얼어 터진 계곡과 계곡 사이
바위와 바위의 결빙을 노래한다.
간밤의 눈이 다 녹아 버린 이른 아침,
산정(山頂)은
얼음을 그대로 뒤집어쓴 채
빛을 받들고 있다.
만일 내 영혼이 천상(天上)의 누각을 꿈꾸어 왔다면
나는 신이 거주하는 저 천상(天上)의 일각(一角)을 그리워하리.
가장 높은 정신은 가장 추운 곳을 향하는 법.
저 아래 흐르는 것은 이제부터 결빙하는 것이 아니라
차라리 침묵하는 것.
움직이는 것들도 이제부터는 멈추는 것이 아니라

침묵의 노래가 되어 침묵의 동렬(同列)에 서는 것.

그러나 한번 잠든 정신은
누군가 지팡이로 후려치지 않는 한
깊은 휴식에서 헤어나지 못하리.
하나의 형상 역시
누군가 막대기로 후려치지 않는 한
다른 형상을 취하지 못하리.
육신이란 누더기에 지나지 않는 것.
헛된 휴식과 잠 속에서의 방황의 나날들.
나의 영혼이
이 침묵 속에서
손뼉 소리를 크게 내지 못한다면
어느 형상도 다시 꿈꾸지 않으리.
지금은 결빙하는 계절, 밤이 되면
물과 물이 서로 끌어당기며
결빙의 노래를 내 발밑에서 들려주리.

여름 내내

제 스스로의 힘에 도취하여
계곡을 울리며 폭포를 타고 내려오는
물줄기들은 얼어붙어 있다.
계곡과 계곡 사이 잔뜩 엎드려 있는
얼음 덩어리들은
제 스스로의 힘에 도취해 있다.
결빙의 바람이여,
내 핏줄 속으로
회오리치라.
나의 발끝에서 머리끝까지
나의 전신을
관통하라.
점령하라.
도취하게 하라.
산정(山頂)의 새들은
마른나무 꼭대기 위에서
날개를 접은 채 도취의 시간을 꿈꾸고
열매들은 마른 씨앗 몇 개로 남아
껍데기 속에서 도취하고 있다

여름 내내 빗방울과 입 맞추던
뿌리는 얼어붙은 바위 옆에서
흙을 물어뜯으며 제 이빨에 도취하고
바위는 우둔스런 제 무게에 도취하여
스스로 기쁨에 떨고 있다.

보라, 바위는 스스로의 무거운 등짐에
스스로 도취하고 있다
허나 하늘은 허공에 바쳐진 무수한 가슴.
무수한 가슴들이 소거(消去)된 허공으로,
무수한 손목들이 촛불을 받치면서
빛의 축복이 쌓인 나목(裸木)의 계단을 오르지 않았는가.
정결한 씨앗을 품은 불꽃을
천상(天上)의 계단마다 하나씩 바치며
나의 눈은 도취의 시간을 꿈꾸지 않았는가.
나의 시간은 오히려 눈부신 성숙의 무게로 인해
침잠하며 하강하지 않았는가.
밤이여 이제 출동 명령을 내려라.
좀 더 가까이 좀 더 가까이

나의 핏줄을 나의 뼈를
점령하라, 압도하라,
관통하라.

한때는 눈비의 형상으로 내게 오던 나날의 어둠.
한때는 바람의 형상으로 내게 오던 나날의 어둠.
그리고 다시 한때는 물과 불의 형상으로 오던 나날의 어둠.
그 어둠 속에서 헛된 휴식과 오랜 기다림
지치고 지친 자의 불면의 밤을
내 나날의 인력으로 맞이하지 않았던가.
어둠은 존재의 처소(處所)에 뿌려진 생목(生木)의 향기
나의 영혼은 그 향기 속에 얼마나 적셔 두길 갈망해 왔던가.
내 영혼이 나 자신의 축복을 주는 휘황한 백야(白夜)를
내 얼마나 꿈꾸어 왔는가.
육신이란 바람에 굴러가는 헌 누더기에 지나지 않는다.
영혼이 그 위를 지그시 내려 누르지 않는다면.

# 산정묘지(山頂墓地) · 11

입술의 노래는
흙으로 돌아가지 않으리.
스스로의 영혼을 입술로 불어서
불씨를 일으키는 데 사용했던 입은
흙으로 되돌아가도,
입술의 노래는
대지(大地)에 묻히지 않으리.
내가 되돌려주어야 할 것은
고뇌를 담기 위해 태어난 두 손,
방황을 하기 위해 태어난 두 다리,
그리고 땅의 주민(住民)임을 표시하는 살,
언젠가는 흙으로 되돌려 주어야 할 이 형벌의 뼈.
아, 아, 암흑의 관을 쓰고 땅을 기어가는 흉한 짐승처럼
고뇌하는 이마와 방황하는 긴 막대기를 지닌
이 형벌 받은 살.
그리고 내가 마지막으로 되돌려 주어야 할 혀.

허나 혀로서 부른 입술의 노래는
흙으로 돌아가지 않으리.

하나의 나약한 나뭇잎조차 소리 없이 떨어지는 데도
힘이 필요한 것처럼,
인간에게도
스스로의 영혼을 불어 끄기 위한 힘이
필요한 것이 아닌가.
오, 밤이 오고 있다.
대지(大地)여! 우리들이 달려가고 있다.
아직은 관뚜껑을 닫지 말아 다오.
아직은 관뚜껑을 닫지 말아 다오.
우리들 모두는
바람 속을 뛰어가는 촛불이다.

# 장석남

1965년 인천 출생. 1987년《경향신문》신춘문예로 등단.『새떼들에게로의 망명』(문학과지성사, 1991)으로 제11회 김수영 문학상 수상. 시집『지금은 간신히 아무도 그립지 않을 무렵』,『젖은 눈』,『왼쪽 가슴 아래께에 온 통증』,『미소는, 어디로 가시려는가』,『뺨에 서쪽을 빛내다』,『고요는 도망가지 말아라』가 있다. 현대문학상, 미당문학상, 김달진문학상 수상.

# 새떼들에게로의 망명

1

찌르라기떼가 왔다
쌀 씻어 안치는 소리처럼 우는
검은 새떼들

찌르라기떼가 몰고 온 봄 하늘은
햇빛 속인데도 저물었다

저문 하늘을 업고 제 울음 속을 떠도는
찌르라기 속에
환한 봉분이 하나 보인다.

2

누군가 찌르라기 울음 속에 누워 있단 말인가
봄 햇빛이 너무 빽빽해
오래 생각할 수 없지만
오랜 세월이 지난 후
나는 저 새떼들이 나를 메고 어디론가 가리라,
저 햇빛 속인데도 캄캄한 세월 넘어서 자기 울음 가파

른 어느 기슭엔가로
　데리고 가리라는 것을 안다
　찌르라기떼 가고 마음엔 늘
　누군가 쌀을 안친다
　아무도 없는데
　아궁이 앞이 환하다

## 그리운 시냇가

내가 반 웃고
당신이 반 웃고
아기 낳으면
돌멩이 같은 아기 낳으면
그 돌멩이 꽃처럼 피어
깊고 아득히 골짜기로 올라가리라
아무도 그곳까지 이르진 못하리라
가끔 시냇물에 붉은 꽃이 섞여 내려
마을을 환히 적시리라
사람들, 한잠도 자지 못하리

# 이기철

1943년 경남 거창 출생. 1972년 《현대문학》으로 등단. 『지상에서 부르고 싶은 노래』(문학과지성사, 1993)로 제12회 김수영 문학상 수상. 시집 『청산행』, 『유리의 나날』, 『가장 따뜻한 책』, 『내가 만난 사람은 모두 아름다웠다』, 『잎, 잎, 잎』, 『사람과 함께 이 길을 걸었네』, 『나무, 나의 모국어』 등이 있다. 최계락문학상, 시와시학상 수상.

# 정신의 열대

내 정신의 열대, 먹라를 건너가면
거기 슬플 것 다 슬퍼해 본 사람들이
고통을 씻어 햇볕에 널어 두고
쌀 씻어 밥 짓는 마을 있으리
더러 초록을 입에 넣으며 초록만큼 푸르러지는
사람들 살고 있으리
그들이 봄 강물처럼 싱싱하게 묻는 안부 내 들을 수 있으리

오늘 아침 배춧잎처럼 빛나던 청의(靑衣)를 물고
날아간 새들이여
네가 부리로 물고 가 짓는 삭정이 집 아니라도
사람이 사는 집들
남(南)으로만 흘러내리는 추녀들이
지붕 끝에 놀을 받아 따뜻하고
오래 아픈 사람들이 병을 이기고 일어나는
아이 울음처럼 신선한 뜨락 있으리

저녁의 고전적인 옷을 벗기고

처녀의 발등 같은 흰 물결 위에
살아서 깊어지는 노래 한 구절 보탤 수 있으리
오래 고통을 잠재우던 이불 소리와
아플 것 다 아파 본 사람들의 마음 불러 모아
고로쇠 숲에서 우는 청호반새의 노래를
인간이 가진 가장 아름다운 말로 번역할 수 있으리

내 정신의 열대, 멱라를 건너가면

## 하행선(下行線)

삶의 노래는 작게 불러야 크게 들립니다
상춧단 씻는 물이 맑아서 새들은 놀을 물고 둥지로 돌아오고
나생이 잎이 돋아 두엄밭이 향기롭습니다

지은 죄도 씻고 씻으면 아카시아 꽃처럼 희게 빛납니다
먹은 쌀과 쑥갓 잎도 제 하나 목숨일 때
열매를 먹고 뿌리를 자르는 일 죄 아니겠습니까

기차도 서지 않는 간이역 지나며
오늘도 죄 한 겹 벗어 차창 밖으로 던집니다

몸 하나가 땀이고 하늘인 사람들은
땀방울이 집이고 밥이지만 삶은 천장이 너무 높아
그들은 삶을 큰 소리로 말하지 않습니다

이제 기운 자리가 너무 커서 더 기울 수도 없는 삶을
쉰 살이라 이름 부르며 온돌 위에 눕힙니다

급히 지난 마을과 능선들은
기억 속에서는 불빛이고 잊혀지면 이슬입니다

# 차창룡

1966년 전남 곡성 출생. 1989년 《문학과사회》에 시로, 1994년 《세계일보》 신춘문예에 평론으로 등단. 『해가 지지 않는 쟁기질』(문학과지성사, 1994)로 제13회 김수영 문학상 수상. 시집 『나무 물고기』, 『미리 이별을 노래하다』, 『고시원은 괜찮아요』, 『벼랑 위의 사랑』이 있다.

# 쟁기질 1

쟁기질을 한다. 잡풀과 쓰레기와 먼지 들이 서식하는
밭, 아버지는 밭 주인의 묘를 벌초해 주기로 하고
몇 년이나 묵혀 있는 그 밭을 갈고 있다.
잡초가 무성한 환자의 배를 수술하듯이,
신문과 텔레비전에 마취된 이 땅의 피부에 보습 날을
댄다. 잡초로 뒤덮인 땅들이 뒤집어지고 부드러운 흙들이
태어난다. 지렁이가 모습을 나타내고 굼벵이가
어려운 걸음을 나선다. 빛바랜 신문지가 아득한 사건 속
으로
묻히고, 신문지 속에서 억울하게 죽어 간 수천의 뼈들이
일어선다. 이러 이러 아버지는 소리를 질러 대며
채찍을 휘두르고, 황소는 깜짝 놀라 펄쩍 뛰다
오줌을 싸고, 지렁이가 그것을 맞고 몸을 뒤튼다.
굼벵이도 그것을 맞고 움찔거리고, 수천의 뼈들도 그것
을 맞고
희게 빛나고, 신이 난 보습 날이 그들 사이를
다시 한번 지나간다. 날 끝으로 뼛조각이 묻어오고
뼛조각이 날 끝에서 땀을 흘린다. 이제는 뼛조각이
쟁기질을 하는지. 아버지와 황소는 힘든지도 모르고,

해가 넘어가도 넘어가지 않는 가난으로
쟁기질한다 쟁기질한다.

# 사우나탕에서, 쌀이시여

화탕지옥에서 사우나로 땀 빼고 나오자 땀 쭉 빼고 나오자
쌀이시여 살아 생전 사사건건 도와주신 쌀이시여 땀 쭉 빼고
나와서 내게 사사건건 밥이 되어 주신 슬픔이시여 그렇지요 왜 그리
슬픔이었는지요 쌀이시여 당신이 흩어질까 두려웠지요 어머니는 밥이 된 당신
푹 익은 보리쌀 위에 얹어 뜸을 들이면 당신은 겸손하여 보리밥 속으로 묻히려 하지만
어머니의 닳아빠진 정교한 나무 주걱 살며시 떠올리면 새하얀 왜 그리 슬픔이지요 할머니의 밥이
가족 모두의 밥이 될 수 없었음 아니에요 할머니의 밥이
할머니의 밥이 될 수 없었으므로 내 밥이었으므로 어머니가
나무라셨지요 할머니는 손자들의 밥이었으므로 할머니 자다가 돌아가심
쌀이시여 죽음도 밥이지요 당신에겐 죽음이야말로 진정한 밥이지요

화탕지옥에서 아 우리 집 화탕지옥에서 젊어 떠나 버린 할아버지

땀 있는 대로 빼고 떠나신 할머니 무쇠솥에 절하옵니다 쌀이시여

밥통에게 절하옵니다 사우나탕 절 받으시옵소서 땀이시여 떠나가는

혼들의 도포자락 밥이옵니다 땀 쭉 빼고 나오자 그 신사는 뚱뚱한 잠이 들었다.

# 김기택

1957년 경기도 안양 출생. 1989년 《한국일보》 신춘문예로 등단. 『바늘구멍 속의 폭풍』(문학과지성사, 1994)으로 제14회 김수영 문학상 수상. 시집 『태아의 잠』, 『사무원』, 『소』, 『껌』, 『갈라진다 갈라진다』가 있다. 현대문학상, 미당문학상 수상.

## 얼굴

눈이 피곤하고 침침하여 두 손으로 잠시 얼굴을 가렸다
손으로 덮은 얼굴은 어두웠고 곧 어둠이 손에 배자
손바닥 가득 해골이 만져졌다
내 손은 신기한 것을 감지한 듯 그 뼈를 더듬었다
한꺼번에 만져 버리면 무엇인가 놓쳐 버릴 것 같아
아까워하며 조금씩 조금씩 더듬어 나갔다
차갑고 무뚝뚝하고 무엇에도 무관심한 그 물체를
내 얼굴이 생기기 전부터 있었음직한 그 튼튼한 폐허를

해골의 껍데기에 붙어서
생글거리고 눈물 흘리고 찡그리며 표정을 만들던 얼굴이여
마음처럼 얇디얇은 얼굴이여
자는 일 없이 생각하는 일 없이 슬퍼하는 일 없이
내 해골은 늘 너를 보고 있네
잠시 동안만 피다 지는 얼굴을
얼굴 뒤로 뻗어 있는
얼굴의 기억이 지워진 뒤에도 한참이나 뻗어 있는 긴 시간을

선글라스만 한 구멍 뚫린 크고 검은 눈으로 보고 있네

한참 뒤에 나는 해골을 더듬던 손을 풀었다
순식간에 햇빛은 살로 변하여 내 해골을 덮더니
곧 얼굴이 되었다
오랫동안 없어졌다가 갑자기 뒤집어쓴 얼굴이 어색하여
나는 한동안 눈을 깜박거렸다 겨우 눈동자를 되찾아
서둘러 서류 속의 숫자에 초점을 맞추기 시작했다

## 고요한 너무나도 고요한

복잡한 거리에서 우는 아이를 보았다.
아이는 머리통보다도 크게 입을 벌리고
힘차게 어깨를 들먹거리며
벌개진 눈으로 연신 눈물을 흘리고 있었지만
거리에는 울음 소리가 전혀 들리지 않았다.
거리는 너무나 적막하였다.
왜 이렇게 낯이 익을까. 이 침묵은
조금도 이상하지가 않다. 어디에서 많이 본 듯하다.
아마 나는 오래전부터 잊고 있었던 것 같다.
내 귓구멍을 단단하게 틀어막고 있는 이 고요가
사실은 거대한 소음이라는 것을.
끊임없이 흔들리고 부딪치고 긁히고 떨어지고 부서지는 소리
아이 울음 하나 새어들어 올 틈 없이 빽빽한 이 소리들이
바로 고요의 정체라는 것을.
그러나 어찌할 것인가.
소리들이 돌처럼 내 귓구멍을 단단하게 막아 주지 않는다면
내 불안은 내장처럼 한꺼번에 거리에 쏟아져 나오지 않

겠는가.

일시에 소음이 사라져 버린다면
심장이 베일 것 같은 차디찬 정적만이 남는다면
갑자기 내 내부의 정적은 공포가 되고
마음속 불안들은 모두 소음이 되어
내 좁은 머릿속에서 악을 써 대지 않겠는가.
하지만 다행히도 그럴 염려는 없는 것이다.
아이의 아가리에 가득찬 저 고요,
아무리 목청을 다해 울어도 소리 없는 저 단단한 돌멩
이가
헤드폰처럼 내 두 귀를 굳게 막아 주는 한
나는 아무 소리도 듣지 못할 테니까.
만취하여 고래고래 돼지 멱 따는 노래를 불러도
지나가는 사람들에게 욕을 하고 시비를 걸어도
아무에게도 들리지 않을 테니까.
이 튼튼하고 편리한 습관은 아늑하기까지 하다.
마치 꿈속에서 걷고 있는 것처럼.

# 유 하

1963년 전북 고창 출생. 1988년 《문예중앙》으로 등단. 『세운상가 키드의 사랑』(문학과지성사, 1995)으로 제15회 김수영 문학상 수상. 시집 『바람부는 날이면 압구정동에 가야 한다』, 『무림일기』, 『천일마(馬)화』, 『나의 사랑은 나비처럼 가벼웠다』, 『세상의 모든 저녁』이 있다.

## 세운상가 키드의 사랑 1

이러지도 저러지도 못하는 지독한 마음의 열병,
나 그때 한여름날의 승냥이처럼 우우거렸네
욕정이 없었다면 생도 없었으리
수음 아니면 절망이겠지, 학교를 저주하며
모든 금지된 것들을 열망하며, 나 이곳을 서성였다네

흠집 많은 중고 제품들의 거리에서
한없이 위안받았네 나 이미, 그때
돌이킬 수 없이 목이 쉰 야외 전축이었기에
올리비아 하세와 진추하, 그 여름의 킬러 또는 별빛
포르노의 여왕 세카, 그리고 비틀즈 해적판을 찾아서
비틀거리며 그 등록 거부한 세상을 찾아서
내 가슴엔 온통 해적들만이 들끓었네
해적들의 애꾸눈이 내게 보이지 않는 길의 노래를 가르쳐 주었네

교과서 갈피에 숨겨 논 빨간책, 육체의 악마와
사랑에 빠졌지, 각종 공인된 진리는 발가벗은 나신
그 캄캄한 허무의 블랙홀 속으로 빨려들어 가고

나 모든 선의 경전이 끝나는 곳에서 악마처럼
착해지고 싶었네, 내가 할 수 있는 짓이란 고작
이 세계의 좁은 지하실 속에서 안간힘으로 죽음을 유희하는 것,
내일을 향한 설렘이여, 우우
무덤은 너를 군것질하며 줄기차게 삶을 기다리네

내 청춘의 레지스탕스, 지상 위의 난
햇살에 의해 남김없이 저격되었지
세상의 열병이 내 몸 속에 들어와 불을 밝혔네
금지된 생(生)의 집어등이여, 지하의 모든 나를 불러내다오
나는 사유의 야바위꾼, 구멍 난 영혼, 흠집 가득한 기억의 육체들을
별빛의 찬란함으로 팔아먹는다네
내 마음의 지하상가는 여전히 승냥이 울음으로 붐비고
나 끝끝내 목이 쉰 야외 전축처럼
해적을 노래 부르고 해적의 애꾸눈으로 사랑하리

# 아유정전(阿庾正傳), 또는 허송세월

전주의 한 여자 점쟁이가 내 관상을 보더니만
쯧쯧, 허송세월이야!
난 똥빛의 얼굴로 애써 억지 웃음을 지었다

허송세월…… 별것 아닌 것 같은 그 말이 은근히
두고두고 마음을 긁었다, 글쎄 내 직업 자체가 베짱이,
허송세월 아닌가? 위안을 해 보지만……
빌려 준 비디오테이프를 받으려고 진우형에게 전화했더니,
대전의 한 비디오 가게 이름이 '허송세월'이래요
킬킬, 이름 한번 죽이는군요

지겨운 햇살과 백수와 그림자 놀이인 비디오와 허송(虛送), 허송(虛頌)?
시간, 사랑, 마음, 청춘 따위들, 그래 난
그 헛되이 보낸 것들에게만 운명적으로 온 관심을 쏟아왔다
정확하게 말하면, 난 허송세월에 매달려
헛됨을 기리는 자이다

단골 비디오 숍에서 테이프 반납 독촉 전화가 걸려 왔고
난 분실한 아비정전을 물어 주겠다고 했다
유하 프로덕션 비디오테이프도 다수가 분실되었지 아마?
남들 다 일터에 나간 한낮에 시 한 수 끄적이거나
기껏 비디오 한 편 때리고 있노라면, 속이 허심허심
기어이 헛됨을 기리는 자의 불안이 밀려온다
이러다 나 또한 세상에서 영영 분실되고 마는 건 아닐까

그러나 그 불안감 역시 내가 애용하는 신발인 것이다
끈질기게, 허송세월을 걸어가기 위한

# 김혜순

1955년 《문학과지성》으로 등단. 『불쌍한 사랑 기계』(문학과지성사, 1997)로 제16회 김수영 문학상 수상. 시집 『또 다른 별에서』, 『아버지가 세운 허수아비』, 『우리들의 음화(陰畵)』, 『나의 우파니샤드, 서울』, 『달력 공장 공장장님 보세요』, 『한 잔의 붉은 거울』, 『당신의 첫』, 『슬픔치약 거울크림』 등이 있다. 소월시문학상, 미당문학상, 대산문학상 수상.

# 눈물 한 방울

그가 핀셋으로 눈물 한 방울을 집어 올린다. 내 방이 들려 올라간다. 물론 내 얼굴도 들려 올라간다. 가만히 무릎을 세우고 앉아 있으면 귓구멍 속으로 물이 한참 흘러들던 방을 그가 양손으로 들고 있는 것 같은 착각이 든다. 그가 방을 대물렌즈 위에 올려놓는다. 내 방보다 큰 눈이 나를 내려다본다. 대안렌즈로 보면 만화경 속 같을까. 그가 방을 이리저리 굴려 본다. 훅훅 불어 보기도 한다. 그의 입김이 닿을 때마다 터뜨려지기 쉬운 방이 마구 흔들린다. 집채보다 큰 눈이 방을 에워싸고 있다. 깜빡이는 하늘이 다가든 것만 같다. 그가 렌즈의 배수를 올린다. 난파선 같은 방 속에 얼음처럼 찬 태양이 떠오르려는 것처럼, 한 줄기 빛이 들어온다. 장롱 밑에 떼지어 숨겨 놓은 알들을 들킨다. 해초들이 풀어진다. 눈물 한 방울 속 가득 들어찬, 몸속에서 올라온 플랑크톤들도 들킨다. 그가 잠수부처럼 눈물 한 방울 속을 헤집는다. 마개가 빠진 것처럼 머릿속에서 소용돌이가 일어난다. 한밤중 일어나 앉아 내가 불러낸 그가 나를 마구 휘젓는다. 물로 지은 방이 드디어 참지 못하고 터진다. 눈물 한 방울 얼굴을 타고 내려가 번진다. 내 어깨를 흔드는 파도가 이 어둔 방을 거진 다 갉아먹는다. 저 멀리

먼동이 터 오는 창밖에 점처럼 작은 사람이 개를 끌고 지나간다.

# 현기증

왜 이리 신호가 안 바뀌지?
횡단보도 앞에 멈춰 서 있으려니
누군가의 시선이 길 건너편 은행 빌딩
검은 유리창에 매달려 있다
한참 마주 째려보니 그게 바로 나다
저 삐딱하게 선 여자가 바로 나로구나 하고
있는데 까만 그랜저가 지나가고
또 내가 거기 미끈거리는 차체에 들러붙어 있다
왜 이리 신호가 안 바뀌지?
횡단보도 옆 은행나무 잎들이 부르르 떤다
햇빛 받은 이파리 한잎 한잎 수정 거울 같다
징그러워라 거기 잎잎이 노란 거울에
내가 매달려 떨고 있다
다시, 그러나 고개 들어 쳐다보니 아, 푸른 거울!
저 하늘이 미끌미끌하다
입술을 대니 비릿하다
그 누군가의 동공 같다
그 푸른 동공 위에 확대경 같은
태양을 갖다 대고 누군가

나를 눈부시게 째려보고 있다
신호가 바뀌자 횡단보도 위로
내 사랑하는 검은 거울, 그림자가 나를 이끈다
그때 지나가던 사람이 내 검은 거울 상판때기에다
꽁초를 획 던진다
이게 도대체 누구의 어항 속이냐?
거울 미로에 빠진 사람처럼 오늘 난 눈을 뜰 수가 없다
눈길 가는 데마다 전부 나다

# 나희덕

---

1966년 충남 논산 출생. 1989년 《중앙일보》 신춘문예로 등단. 『그곳이 멀지 않다』(문학동네, 2004)로 제17회 김수영 문학상 수상. 시집 『뿌리에게』, 『그 말이 잎을 물들였다』, 『어두워진다는 것』, 『사라진 손바닥』, 『야생사과』 등이 있다. 김달진문학상, 현대문학상, 이산문학상, 소월시문학상, 오늘의 젊은 예술가상, 지훈상 수상.

# 그곳이 멀지 않다

바람 밖에서 살던 사람도
숨을 거둘 때는
비로소 사람 속으로 돌아온다

새도 죽을 때는
새 속으로 가서 뼈를 눕히리라

새들의 지저귐을 따라
아무리 마음을 뻗어 보아도
마지막 날개를 접는 데까지 가지 못했다

어느 겨울 아침
상처도 없이 숲길에 떨어진
새 한 마리

넓은 후박나무 잎으로
나는 그 작은 성지를 덮어 주었다

## 만삭의 슬픔

낙산은 더 이상
해를 품은 바다가 아니었다
사하촌에는 낮도 밤도 사라져 버려
추락하기 위해 돌아가는 바이킹 소리와
잠들지 않는 사람들,
나를 위해 남겨진 방은 없었다

만삭이 된 슬픔의 배를 안고 내가 찾아든 방은
낙산에서도 아주 멀리 떨어진,
해도 영영 비칠 것 같지 않은 작은 방이었다
이불을 펴고 누우니
어떤 사람 어떤 시름이 함께 누울 자리도 없이
방이 꽉 찼다, 다행이었다
무덤 속인 듯 자궁 속인 듯
그 방은 내 슬픔을 분만하기 위한 마굿간이었다

그 방은 나를 잉태하기 시작했다
흘러나오는 슬픔에
방은 점점 좁아들고 천장은 낮게 가라앉았다

나는 천천히 눈을 감았다
멀리서는 아직 지상의 소리들이 들려오고 있었다

방이여, 내 위에 따뜻한 흙을 덮어 다오
낙산이여, 그만 무너져 다오
이제 나를 안아 다오

# 백주은

---

1956년 서울 출생. 1983년《경향신문》신춘문예에 단편소설 「어떤 귀향」(민음사, 1999)이 당선되며 등단. 1999년 시집 『지금 어디에 계십니까』를 출간하며 시인으로 등단. 『지금 어디에 계십니까』로 제18회 김수영 문학상 수상. 소설 데뷔 후 방송평론가 및 자유기고가로 활동.

# 그 남자의 갈비뼈는

커다란 빗 같기도 하고
　　　　작은 사다리 같기도 하다

# 한려수도

뭉크의 여름밤에서 빠져나온 듯한 거대한 윗입술 하나가 처음 본 순간 내 눈길을 사로잡는 거였다. 떠나오면서 뒤돌아보니 물 위에 떠 있는 모든 섬들이 다 하나의 입술이었다. 그랬다. 그곳에서는 무수한 입술과 가슴이 모여 수런거리며 푸른 날숨을 토해 내고 있었다.

# 송찬호

1959년 충북 보은 출생. 1987년《우리 시대의 문학》에 작품을 발표하며 등단. 『붉은 눈, 동백』(문학과지성사, 2000)으로 제19회 김수영 문학상 수상. 시집 『흙은 사각형의 기억을 갖고 있다』, 『10년 동안의 빈 의자』, 『고양이가 돌아오는 저녁』이 있다. 이상시문학상, 대산문학상, 미당문학상, 동서문학상 수상.

# 촛불

촛불도 없이 어떤 기적도 생각할 수 없이
나는 어두운 제단 앞으로 나아갔다
그때 난 춥고 가난하였다 연신 파랗게 언 손을 비비느라
경건하게 손을 모으고 있을 수도 없었다
그런데 얼마나 손을 비비고 있었을까
그때 정말 기적처럼 감싸 쥔 손 안에 촛불이 켜졌다
주위에서 누가 그걸 보았다면, 여전히 내 손은 비어 있고 어둡게 보였겠지만
젊은 날, 그때 내가 제단에 바칠 수 있던 건
오직 그 헐벗음뿐, 어느새 내 팔도 훌륭한 양초로 변해 있었다
나는 무릎을 꿇고 어두운 제단 앞으로 나아갔다
어깨에 뜨겁게 흘러내리는 무거운 촛대를 얹고

# 머리 흰 물 강가에서

봄날 강가에서 배를 기다리며 머리 흰
강물을 빗질하는 늙은 버드나무를 보았네
늘어진 버드나무 가지를 밀고 당기며
강물은 나직나직이 노래를 불렀네
버드나무 무릎에 누워 나, 머리 흰 강물
푸른 머리카락 다 흘러가 버렸네
배를 기다리다 기다리다 나는 바지를
징징 걷고 얕은 강물로 걸어 들어갔네
봄날 노래 소리 나직나직이
내 발등을 간질이며 지나갔네
버드나무 무릎에 누워 나, 머리 흰 강물
푸른 머리카락 다 흘러가 버렸네

# 이정록

1964년 충남 홍성 출생. 1989년《대전일보》신춘문예와 1993년《동아일보》신춘문예로 등단. 『제비꽃 여인숙』(민음사, 2001)으로 제20회 김수영 문학상 수상. 시집 『풋사과의 주름살』, 『버드나무 껍질에 세들고 싶다』, 『의자』, 『정말』, 『어머니학교』, 『아버지학교』가 있다.

## 얼음 목탁

산사 뒤 작은 폭포가 겨우내 얼어 있다.

그동안 내려치려고만 했다고
멀리 나가려고만 했다고, 제 몸을 둥글게 말아 안고 있다.

커다란 얼음 목탁 속으로 쏟아져 내리는 염주알들. 서로가 서로를 세수시켜 주는 저 염주알을 닮아야겠다고, 버들강아지 작은 솜털들이 부풀어 오르고 있다.

네 마음도 겨울이냐?
꽝꽝 얼어붙었느냐?

안에서 두드리는 목탁이 있다. 얼음 문을 닫고 물방울에게 경을 읽히는 법당이 있다. 엿들을 것 없다. 얼음 목탁이 공양미 씻는 소리. 염주알이 목탁 함지를 깎는 소리.

언 방에서 살아가며 기도를 모르겠느냐?

나를 세수시켜 주는 쌀 씻는 소리가 있다.

## 나무기저귀

목수는
대패에 깎여 나오는
얇은 대팻밥을
나무기저귀라고 부른다

천 겹 만 겹
기저귀를 차고 있는,
나무는 갓난아이인 것이다

좋은 목수는
안쪽 젖은 기저귀까지 벗겨 내고
나무아기의 맨살로
집을 짓는다

발가벗은 채
햇살만 입어도 좋고
연화문살에
때때옷을 입어도 좋아라

목수가
숲에 드는 것은
어린이집에 가는 것이다

# 채호기

1957년 대구 출생. 1988년 《창작과비평》으로 등단. 『수련』(문학과지성사, 2002)으로 제21회 김수영 문학상 수상. 시집 『지독한 사랑』, 『슬픈 게이』, 『밤의 공중전화』, 『손가락이 뜨겁다』가 있다.

# 수면 위에 빛들이 미끄러진다

수면 위에 빛들이 미끄러진다
사랑의 피부에 미끄러지는 사랑의 말들처럼

수련꽃 무더기 사이로
수많은 물고기들의 비늘처럼 요동치는
수없이 미끄러지는 햇빛들

어떤 애절한 심정이
저렇듯 반짝이며 미끄러지기만 할까?

영원히 만나지 않을 듯
물과 빛은 서로를 섞지 않는데,
푸른 물 위에 수련은 섬광처럼 희다

# 해 질 녘

따뜻하게 구워진 공기의 색깔들

멋지게 이륙하는 저녁의 시선

빌딩 창문에 불시착한
구름의 표정들

발갛게 부어오른 암술과
꽃잎처럼 벙그러지는 하늘

태양이 한 마리 곤충처럼 밝게 뒹구는
해 질 녘, 세상은 한 송이 꽃의 내부

# 이윤학

1965년 충남 홍성 출생. 1990년《한국일보》신춘문예로 등단.『꽃 막대기와 꽃뱀과 소녀와』(문학과지성사, 2003)로 제22회 김수영 문학상 수상. 시집『먼지의 집』,『붉은 열매를 가진 적이 있다』,『나를 위해 울어주는 버드나무』,『아픈 곳에 자꾸 손이 간다』,『그림자를 마신다』,『너는 어디에도 없고 언제나 있다』,『나를 울렸다』가 있다. 동국문학상 수상.

# 칸나

숭례초등학교 정문 쪽 담 밑에는
오늘도 세 그루 칸나가
그을음 없는 불을 밝히고 있다.

며칠씩 장맛비 내리고
칸나 불은 붉고 끝이 뾰족해
이 세상에서 처음 만나는
새싹으로 착각하게 만들었다.

장맛비 내리기 전에
몇 달 동안,
할머니 한 분이 앉아 있었다.
광목 잡곡 자루들
골목길에 늘어놓고 앉아 있었다.
됫박에 소복이 잡곡을 담아 놓고
담에 뒷머리를 붙이고 앉아 있었다.

성큼성큼 비둘기들 다가와서
광목 잡곡 자루를 축내고 있었다.

하현달 모양 모자 차양
꾹 눌러쓴 할머니 한 분
담에 뒷머리를 붙이고 앉아 있었다.

세상 좋은 공기 혼자 다 잡숫고 있었다.
앞에 놓인 잡곡들 다 뿌려진
드넓은 들판을 바라보고 있었다.
입 벌린 채 깊은 잠들어 있었다.

세 그루 칸나 꽃이
세상에 나오기 바로
며칠 전의 일이었다.

## 장롱에 달린 거울

> 나는 당신이 유리이길 원할 뿐, 결코 거울이기를 원치 않는다.
>
> — 페드로 살리나스Pedro Salinas

그는 안에서 긁혀 있었다.
그 상처 때문이었지
들여다보는 사람 얼굴도 긁혀 있었다.

깨뜨리고 들어갈 수 없는 벽.
깨뜨려도 소용없는 벽.

그는 긁힌 속을 들여다보았다.
들어가 숨기 불가능한 공간
들어가 숨기 쫍쫍한 공간
들어가 살기 위하여,
그는 앞으로 당겨 앉았다.

그는 거울 속 입술에 입을 맞추었다.
그는 과거에 살았던 사람
순간의 냉기가 그에게로
거울에게로 전해졌다.

그는 번번이,

거울에게 등을 보여 줬다.

# 황인숙

1958년 서울 출생. 1984년 《경향신문》 신춘문예로 등단. 『자명한 산책』(문학과지성사, 2003)으로 제23회 김수영 문학상 수상. 시집 『새는 하늘을 자유롭게 풀어놓고』, 『슬픔이 나를 깨운다』, 『우리는 철새처럼 만났다』, 『나의 침울한, 소중한 이여』, 『리스본행(行) 야간열차』 가 있다. 동서문학상 수상.

# 사닥다리

봄이 되면
땅바닥에 누워 있는 사닥다리를 세우겠네
은빛 사닥다리,
은빛 사닥다리를 타고
지붕 위에 오르겠네
사닥다리, 뼈로만 이루어진 사닥다리
한 디딤마다 내 발은 후들후들 떨겠네
내 손은 악착같이 사닥다리를 쥐겠네
사닥다리, 발이 손을 따르는 사닥다리

구름이 사닥다리를 타고 올라오네
대추나무가 사닥다리를 타고 올라오네
종달새가 사닥다리를 타고 올라오네
돌멩이가 사닥다리를 타고 올라오네
땅바닥이 사닥다리를 타고 올라오네
내 사랑이 아슬아슬 사닥다리를 타고 올라오네

봄이 되면
땅바닥은 누워 있는 사닥다리를 세우네.

# 자명한 산책

아무도 소유권을 주장하지 않는
금빛 넘치는 금빛 낙엽들
햇살 속에서 그 거죽이
살랑거리며 말라 가는
금빛 낙엽들을 거침없이
즈려도 밟고 차며 걷는다

만약 숲 속이라면
독충이나 웅덩이라도 숨어 있지 않을까 조심할 텐데

여기는 내게 자명한 세계
낙엽 더미 아래는 단단한, 보도블록.

보도블록과 나 사이에서
자명하고도 자명할 뿐인 금빛 낙엽들

나는 자명함을
퍽! 퍽! 걷어차며 걷는다

내 발바닥 아래
누군가가 발바닥을
맞대고 걷는 듯하다.

# 함민복

1962년 충북 충주 출생. 1988년《세계의 문학》으로 등단.『말랑말랑한 힘』(문학세계사, 2005)으로 제24회 김수영 문학상 수상. 시집『우울씨(氏)의 일일(一日)』,『자본주의의 약속』,『모든 경계에는 꽃이 핀다』,『눈물을 자르는 눈꺼풀처럼』등이 있다. 애지문학상, 박용래문학상, 윤동주상 수상.

# 식목일

사람들이 공중에 미래를 그려 보는 날
나무들이 산 채 누워 거리를 질주하고

도살장으로 가는 한 트럭 돼지들이
마지막으로 벌이는 죽음의 카퍼레이드

어려서 가출하다가 꺾꽂이 해 놓은 미루나무 뽑아
길바닥에 써 보았던 그 여자애 이름

심어지는 것들
심어지는 것들

길 위에서
뿌리 열 개를 꼼지락거려 보는

# 숭어 한 지게 짊어지고

뻘길 십 리

푸드덕 푸드덕
몸망치로 때려 박아
지게에서 내려서려는 숭어

맨발로
지구를 신고

숭어가 움직이면
움직임을 느낀 만큼
숭어가 되는

증발하는 생명 한 지게 지고
뻘에 박혀 있는 흙못 하나

# 강기원

1957년 서울 출생. 1997년 《작가세계》로 등단. 『바다로 가득 찬 책』(민음사, 2006)으로 제25회 김수영 문학상 수상. 시집 『고양이 힘줄로 만든 하프』, 『은하가 은하를 관통하는 밤』이 있다.

# 만두

중국의 용문(龍門)에선
인간으로 만두를 빚었지
그곳의 만두 맛은 정말 특별해
한 번 맛보면 잊을 수 없지

인육을 구하는 건 쉽지 않지만
맛만 있다면 사람들은
먼 거리도 마다 않지
바람을 뚫고
모래를 뚫고
모자를 깊이 눌러쓴 채
제 발로 찾아오거든

그날은 별미의 만두가 나오는 날
자모검을 쓰는 주방장은 보이지 않고
새벽녘 나오는 푸짐한 만두 속엔
알 수 없는 재료가
찰지게 반죽돼 있다네

나는 만두를 좋아해
만두를 맛있게 먹는 모습
바라보는 걸 더 좋아해

사랑하는, 망설이는 널 끌고
용문으로 가야지
허기진 네게
인상 깊은 만두를 먹여야지
만두소처럼 나로 너를
온전히, 맛있게, 그득하게 채워야지

# 껍질

양들의 침묵, 그 미치광이
렉터 박사가 아니어도
피부는 모으고 싶지
퀼트처럼 조각조각 잇대어 보고 싶지
맘에 안 드는 얼굴은
깔아뭉갤 엉덩이로
분주했던 팔다리는
의연한 등판으로
냉정한 척하는 두피는
뜨거운 가슴으로
아니, 아예 여자를 남자로
천사를 악마로 바꾸어 보고 싶지
스무 살의 피부
마흔 살의 피부
오르가슴에 젖은 피부
고독의 소름 박힌 피부
때에 따라 적절히
갈아 붙이고도 싶지
늙은 피부는 얼마나 많은 사연을

능청스레 감췄는지
늘이고 늘여도 끝없이 늘어날걸
수줍은 창조주는 아니지만
이건 은밀하게 이루어져야 하는
거룩한 제사
태우는 대신 벗겨 내어
한 땀 한 땀 다시 새기는
피의 박음질
껍질만으로 잘도 속는
시력 나쁜 세상에게
멋지게 복수하는 일
아니, 아니
그냥 농담 거는 일

# 문혜진

1976년 경북 김천 출생. 1998년 《문학사상》으로 등단. 『검은 표범 여인』(민음사, 2007)으로 제26회 김수영 문학상 수상. 시집 『질 나쁜 연애』가 있다.

# 검은 표범 여인

낯선 여행지에서 어깨에 표범 문신을 한 소년을 따라가 하루 종일 뒹굴고 싶어 가장 추운 나라에서 가장 뜨거운 섹스를 나누다 프러시아의 스킨헤드에게 끌려가 두들겨 맞아도 좋겠어 우리는 무엇이든 공모하기를 좋아했고 서로의 방에 들어가 마음껏 놀았어 무례함을 즐기며 인스턴트 커피와 기타의 선율 어떻게 하면 인생을 망칠 수 있을까 골몰하며 야생의 경전을 돌려 보았지 그러나 지금은 이산의 계절 우리는 춥고 쉬 지치며 더, 더, 더, 젊음을 질투하지 하지만 네가 잠든 사이 나는 허물을 벗고 스모키 화장을 지우고 발톱을 세워 가터벨트를 푼다 세상에서 가장 높은 하이힐을 벗어 던지고 사로잡힌 자의 눈빛으로 검은 표범의 거처에 스며들 거야 단단한 근육을 덮은 윤기 흐르는 검은 벨벳, 흑단의 전율이 폭발할 때까지 이제 동굴보다 깊은 잠을 자야지 도마뱀자리 운명, 진짜 내 목소리를 들려줄까?

## 표범약사의 비밀 약장

자물쇠를 채운 캐비닛, 감춰 둔 만다린 오렌지 빛 알약들, 태엽 장치를 풀고 표범약사는 매일 자신을 위한 처방을 내리지 피가 솟구치는 오전에 세 알, 참을 수 없이 화가 치밀어 혈관이 폭발하는 저녁에 다섯 알, 말랑말랑한 귓불, 솜털로 뒤덮인 목덜미를 물어뜯고 싶어 눈알이 튀어나오면, 팔뚝에 진정제를 투여하고 약국 바닥을 긁으며 뒹굴지 식사하러 나간 척 셔터를 내려 두고

빌딩 벽을 기어오르다 119 구조대원이 출동한 날, 술 취한 손님이 유리창을 깨부수거나 자살을 결심한 전갈자리 눈빛들, 비실대며 들어와 진통제를 요구하는 소녀들은 백이면 백 낙태 수술 환자, 단식원에서 도망친 아이돌 가수의 광기로 불타는 입술, 얼굴에 칼자국 난 젊은 전과자 살의에 번득이는 눈빛, 술병 난 샐러리맨이 토해 낸 오물을 뒤로한 채 표범약사는 약국 문을 닫고 소주를 마신 후 침대에 누워, 황홀한 장면을 불러올 비밀스런 수액을 혈관에 꽂지

누구나 자기만의 기념비적인 마취제가 필요해! 약국 문은 닫혀 있고 의사들은 들고양이 파업 중, 어이없이 죽지

마! 견딜 수 없다면 셔터 뒤에서 거품을 물고 누워 마음껏 울부짖어! 가슴에 투명한 진통파스를 붙이고 가쁘게 숨 쉬며 달리다 보면 어느새 건조한 대지와 도시의 직사각형 정원, 자살한 병자들의 서랍이 있는 냉동실에서 양귀비꽃이 필 거야!

# 여태천

1971년 경남 하동 출생. 2000년 《문학사상》으로 등단. 『스윙』(민음사, 2008)으로 제27회 김수영 문학상 수상. 시집 『국외자들』, 『저렇게 오렌지는 익어가고』가 있다.

## 스윙

커피 물이 끓는 동안에 홈런은 나온다.
그는 왼발을 크게 내디디며 배트를 휘둘렀다.
좌익수 키를 훌쩍 넘어가는 마음.
제기랄, 뭐하자는 거야.
마음을 읽힌 자들이 이 말을 즐겨 쓴다고
이유 없이 생각한다.
살아남은 자의 고집 같은,

커피 물이 다시 끓는 동안의 시간.
식탁 위에 놓인 찻잔을 잠시 잊고 돌아오는 시간.
오후 2시 26분 37초,
몸이고 마음이고 새까맣다.
20년 넘게 믿어 온 기정사실.
내 오후의 어디쯤에는 불이 났고 구멍이 뚫렸던 것이다.
방금 전 먹었던 너그러운 마음을
다시 붙들어 매는 데 걸리는
시간은 고작 17초.
애가 타고 꿈은 그렇게 식는다.

오후 2시 26분 54초,
커피 물이 다시 끓지 않는 시간.
식탁 위로 찻잔을 찾으러 오는 시간.
커피는 아주 조금 식었고
향이 깊어지는
바로 그때
도무지 아무 생각이 나지 않을 때
국자를 들고 우아하게 스윙을 한다.

# 플라이아웃

이번에도 중견수는 머리 위로 날아오르는 볼을 놓쳤다.

조명 탑의 불빛 속으로 사라진 볼.
뻔히 눈 뜨고도 모르는 사실들.
판단에도 경계라는 게 있어
봐서는 알 수 없는 사실의 자리가 있다.

플라이 볼의 실재는
볼에 있는 걸까, 플라이에 있는 걸까.
비어 있는 궁리(窮理)에 있는 걸까.

플라이 볼이 흔적만 남기고 간 허공.
모양이라고도 할 수 없게
물방울들이 모여 있다.

커피 잔 위의 방울들
유난히 골똘하다.
물일까 아닐까.
안과 밖 어디도 아닌 곳에서 동글동글 굴러다니는,

어떤 날은 몸도 마음도 공중에 있다.
공중을 선회하는 비행기는
날아가는 중일까, 가라앉는 중일까.
갑자기 다리가 사라진 듯 가볍다.

비둘깃과에 속하는 새 한 마리가 긋고 지나가는 하늘.
조류의 마지막에 대해
할 말이 많지 않다.

적당한 높이에 마음을 걸어 두면
어두워서 뚜렷해지는 생각들.
모두 플라이아웃이다.

# 김경주

1976년 광주 출생. 2003년《서울신문》신춘문예로 등단. 『시차의 눈을 달랜다』(민음사, 2009)로 제28회 김수영 문학상 수상. 연극실험실 혜화동 1번지에 희곡「늑대는 눈알부터 자란다」를 올리며 극작가로도 활동하기 시작했다. 시집『나는 이 세상에 없는 계절이다』,『기담』이 있다.

## 연누의 시제(時制)

마지막으로 그 방의 형광등 수명을 기록한다 아침에 늦게 일어난다는 건 손톱이 자라고 있다는 느낌과 동일한 거 저녁에 잠들 곳을 찾는다는 건 머리칼과 구름은 같은 성분이라는 거 처음 눈물이라는 것을 가졌을 때는 시제를 이해한다는 느낌, 내가 지금껏 이해한 시제는 오한에 걸려 누워 있을 때마다 머리맡에 놓인 숲, 한 사람이 죽으면 태어날 것 같던 구름

사람을 만나면 입술만을 기억하고 구름 색깔의 벌레를 모으던 소녀가 몰래 보여 준 납작한 가슴과 가장 마지막에 보여 주던 일기장 속의 화원 같은 것을 생각한다 그곳에는 처음도 끝도 없는 위로를 위해 처음 본 사람의 눈이 필요했고 자신의 수명을 모르는 꽃들만 살아남았다

오늘 중얼거리던 이방(異邦)은 내가 배운 적 없는 시제에서 피는 또 하나의 시제, 오늘 자신의 수명을 모르는 꽃은 내일 자신의 이름을 알게 된다

구름은 어느 쪽이건 죽은 자의 머리칼 냄새가 나고 중

국 수정 속으로 들어간 곤충의 무심한 눈 같은 어느 날

사람의 눈으로 들어온 시차가 구름의 수명을 위로한다

## 바늘의 무렵

바늘을 삼킨 자는 자신의 혈관을 타고 흘러 다니는 바늘을 느끼면서 죽는다고 하는데

한밤에 가지고 놀다가 이불솜으로 들어가 버린 얇은 바늘의 근황 같은 것이 궁금해질 때가 있다

끝내 이불 속으로 흘러간 바늘을 찾지 못한 채 가족은 그 이불을 덮고 잠들었다

그 이불을 하나씩 떠나면서 다른 이불 안에 흘러 있는 무렵이 되었다
이불 안으로 꼬옥 들어간 바늘처럼 누워 있다고, 가족에게 근황 같은 것도 이야기하고 싶은 때가 되었는데

아직까지 그 바늘을 아무도 찾지 못했다 생각하면 입이 안 떨어지는 가혹이 있다

발설해서는 안 되는 비밀을 알게 되면, 사인(死因)을 찾아내지 못하도록 궁녀들은 바늘을 삼키고 죽어야 했다는

## 옛 서적을 뒤적거리며

한 개의 문(門)에서 바늘로 흘러와 이불만 옮기고 살고 있는 생을, 한 개의 문(文)에서 나온 사인과 혼동하지 않기로 한다

이불 속에서 누군가 손을 꼭 쥐어 줄 때는 그게 누구의 손이라도 눈물이 난다 하나의 이불로만 일생을 살고 있는 삶으로 기꺼이 범람하는 바늘들의 곡선을 예우한다

# 김성대

1972년 강원도 인제 출생. 2005년《창작과비평》으로 등단.『귀 없는 토끼에 관한 소수 의견』(민음사, 2010)으로 제29회 김수영 문학상 수상. 시집『사막 식당』이 있다.

# 귀 없는 토끼에 관한 소수 의견

함구

함구는 조금씩 우리를 달리게 하는지도 모른다
함구는 조금씩 바깥에서 깊어진다
여기는 속 없는 굴속 같군
보이지 않는 곳에서 바깥을 모으는
굴은 지상으로 입을 벌리고
토끼는 반시계 방향으로 굴을 오른다
빨간 눈은 데굴데굴, 먼저 굴러가 있다
있는 힘껏 자기 자신으로부터 멀리뛰기
토끼는 자신의 눈을 보면서 달리는 것이다
자신을 함구하는 빨간 눈이 토끼의 공률이다

아버지랠리

공률 제로의 아버지는 서식지를 오염시키지 않는다
청정 지역이 되어 버린 아버지
일제히 눈을 켜고 빨간 눈을 따라간다
뒤에서 보면 무릎을 공회전하고 있다
이 눈을 좀 꺼 줘
자꾸 늘어나는 눈을 끄고 싶다지만

제로에 제로의 공률을 가속해 천문학적 사십 세에 이른다
반시계 방향의 급커브를 꺾어져서야
오래 비워 두었던 눈을 한번 감아 보는 것이다
다시 빨간 눈이 들어오고 있다
아버지는 한밤중에 그 눈을 따라간다

아랍인 투수 느씸
느씸은 공을 쥐지 않고 던진다
긴 손금으로 공에 대해 기도하고
시간 속에 공을 놓는다
공은 한없이 느리지만 시간의 결을 타고
반시계 방향으로 공회전하기 때문에
아무리 정확한 타자라도 맞출 수 없다
공에 대한 기도가 시간을 휘는 것이다
그러나 공을 받을 사람은 없고
느씸은 자신이 던진 공을 노려보느라 눈이 충혈된다
공은 젖어 가고 느씸의 눈은 폭발하고
빨간 눈이 흩어지고 흩어진 눈들이 느씸을 바라보고 있다
그가 던진 공은 눈먼 그만이 받을 수 있다

납굴증

밤의 소리들이 만질 수 없는 귀를 음각한다
귀 가득 무엇이 이리 무거울까
귀가 뜨거워질 때까지
언제까지 이러고 있어야 하는지
귀는 말라 가고 우는토끼,
몸 안을 반시계 방향으로 돌고 있다
몸을 얻고 나서 몸 밖으로 나오기가 어려워진
이 밤은 누군가의 눈 속 같군
눈알이 염주가 될 때까지
이 밤을 모으고 있는 눈은 누구의 것인지
우는토끼 속의 우는토끼
돌아보는 눈까지 멈추고
한 벌 귀로 남은 밤

미결

이것은 관점의 문제가 아니다
긴 귀,
피가 미치지 않을 만큼 긴 귀가 결론을 뒤집지는 못했다

눈알을 반시계 방향으로 굴리며
관점을 덜어 내고 있는
그들의 정신만큼 안전한 곳은 없다
없는 귀 가득 명료한 결론들
정신은 없는 귀에 순응하는 것이다
귀가 좁아졌기 때문은 아닐까요?
끊임없이 자신을 듣는 귀 안쪽이 비리다
이름이 너무 길거나 붙일 수 없거나
귀의 기억만으로 그들은 자신을 기를 수 있는 것이다
귀가 없다면 계속 지켜봐야겠지만
눈이 없다면 계속 귀 기울여야겠지만

# 우주선의 추억

1

우리는 지구에 너무 늦게 남았다
대기를 떠다니는 음성들
열대의 겨울숲은 아무것도 사라지게 하지 않는다
우리의 과오와 우리의 외마디를 계속 들어야 하지
우리가 처음 만났던 백미러 안의 소음
끊임없는 통화음과 부재음
모든 것이 리플레이되고 있다
곤충의 눈알 같은 열대의 눈을 맞으며
서로를 되비추고 있을 뿐
우리 자신에게 착지할 수 없지
인간이 불필요한 지구에서
너무 늦게 남은 우리는
신의 망설임을 느낀다
이 모든 게 우연이었으면

2

우리는 지구를 너무 늦게 떠났다
가게에 가다가 기차를 탄 것처럼

한 번도 살아 본 적 없는 과거를 향해 날아가기 시작했지
지루한 우주 영화 수천 편이 반복되는 것처럼
우주는 고요하고 기시감조차 없는 과거들
하나의 우연조차 바뀌지 않았지
누군가의 까만 눈 속 같은 거기에서
우리는 끝없이 낙하하고 있었던 것 같다
지금의 몸을 신기 위해서
우리의 속도는 역시 미미해야 했지
누군가 지구의 알람 소리가 생각나느냐고 물었을 때
우리는 언젠가 눈을 가리고 우주를 떠돌던 일들이 모두 기억났다

3

우리는 떠나면서 숲의 등불을 바라보았다
우리의 우주선이 숲에서 멀어져
등불이 겨우 보일 때까지
멀어지고 멀어져
등불이 겨우 보이는 곳에서

우리는 가물거리는 등불 아래를
네발로 걷는 인간을 보았다
오래도록 차가운 중력에 길들여진
우주선의 우리와 같은

여기도 지구였다

4

아직 여기가 보이는지 모르겠군… 거기서 본 여기는 어떻던가… 어느 계절일지 알 수 없는…… 열대의 눈이 내리고 있네… 고요한 결빙……… 얼음을 딛고 날아간 새들은… 지상으로 내려오지 않네…… 기나긴 결빙을 지나…… 결빙의 순간들을…… 나누고 나누면…… 여기가 바다였다는 걸… 알기나 할까…… 자네의 머나먼 복귀 또한…… 어쩔 수 없이 빈약한… 재구성이겠지…… 실종이라고… 단정 짓지 말게……… 공기가 얼어 가는 소리…… 지상의 마지막 데시벨일지도 모르겠네……… 자네가 거기…… 없더라도 괜찮네……… 전할 말이………

# 서효인

1981년 전남 목포 출생. 2006년 《시인세계》로 등단. 『백 년 동안의 세계대전』(민음사, 2011)으로 제30회 김수영 문학상 수상. 시집 『소년 파르티잔 행동지침』이 있다.

# 유보트

발밑에 물이 들어온다. 이 중에 사제 서품을 받은 자는 지저분한 털을 귀밑에서 아래턱까지 이어 기른 취사병뿐이었다. 미끄덩한 문어 요리를 먹다가 짧게 구부러진 검은 이물질을 발견한 수병이 적지 않았다. 그럴 때마다 민머리가 유독 반짝였다. 우리가 문어를 먹다니, 수병들은 뭍에 나온 연체동물처럼 당황하지만, 성호를 긋고.

무릎까지 차올랐다. 지휘관은 제군들이 자랑스럽다. 너흰 지구의 가장 아래에서 장렬한 최후를 맞을 것이며 조국은 너희를 기억할 것이다. 취사병은 침을 뱉었다. 죽기 전에 수병들이 고해할 것은 차고 넘쳤다. 과연 바다 속살까지 그분 뜻이 닿을 것인가. 하노이의 마을 창고에서 집단으로 저질렀던 추잡한 짓이 떠올랐지만, 기도합시다.

허리가 젖었다. 너희는 오백쉰일곱 척에 달하는 상선을 까부숴고, 살려 달라 울부짖는 사람들을 과녁 삼아 내기로 소총을 쏘며 낄낄거렸다. 조국은 너희를 기억할 것이다. 사제는 흐느적거리며 양 손바닥을 마주 비볐다. 다른 오락거리가 없었잖아. 그 문어가 진짜 문어였다고 생각해? 수병들은 상상을 자제했지만, 내 탓이오, 내 탓이오.

코밑에 물이 있다. 수상한 먹물처럼 어뢰는 갑자기 터졌다. 유보트의 옆구리는 허리가 잘린 다족류가 되어 꿈틀거린다. 살 수 있을 거라 생각하나. 이제껏 살아 있었다고 믿었나? 먹물은 검은색이고, 털보가 만들어 내는 물음은 역하다. 군수품은 바닥났고, 고향에서 문어와 먹물은 원래 먹는 게 아니나, 이는 내 살과 피니.

숨을 쉴 수 없다. 살고자 하면 죽을 것이요, 죽고자 해도 죽을 것이다. 변방의 제독을 떠올리며 수병들은 자신의 죽음이 뭍에 알려질까 궁금하다. 모든 게 조국 때문이다. 아니다, 나 때문이다. 아니다, 문어 때문이다. 유보트는 침몰하기 위해 만들어졌지. 느린 고해 속, 털보와 취사병과 사제의 삼위는 절묘하게 일치하고.

## 아주 도덕적인 자의 5분

그는 다시 걷는 일에 골몰한다
도덕을 지키기 위하여

멍청한 짐승의 내장을 빠져나오다 몇 명의 여성과 몸이 닿았다 정중하게 사과하고 싶었으나 여성들은 걷는 데 노력을 기울였다 노력하는 모습은 도덕적이다 그는 노력이 부족해 몸을 맞대었고 냄새가 나지 않을까 걱정하지만, 걱정하는 마음은 비윤리적이다 그것은 멍청한 짐승의 냄새였고 짐승에게는 도덕이 없다

지갑을 꺼내려 오른손으로 본인의 엉덩이를 만진다 엉덩이를 만지는 것은 도덕적이다 자신의 몸은 자신이 사랑하여야 하고 지갑은 없고 깊은 구멍에는 바람만이 가득하다 쪼그린 자세로 개찰구를 빠져나와 주위를 살피지만, 두리번거리는 일은 비윤리적이다 그것은 당혹스러운 찰나였고 순식간에 지갑을 빼내 가는 짐승은 없다

동굴에 숨은 동물처럼 몸을 둥글게 하고 계단을 탄다 계단을 움직이기 위하여 쓰이는 전기를 생각한다 절약은

악행이고 모든 계단은 악마의 아들이다 걷는 일에 다시 노력을 기울이며 앞일을 가늠한다 생각하는 일 자체는 지극히 윤리적이고 생각만으로 발기가 될 수도, 도로 죽을 수도 있다 사람에게는 정신이 있다

계단의 끝에는 전단을 뿌리는 늙은 여자가 있다 계단의 중간에는 구걸하는 남자가 있다 계단의 처음에는 그의 정신이 있다 그의 모든 주머니에서는 사람 아닌 것들이 꺽꺽 울고 있고 눈물은 짐승의 버릇이다 그는 울음 속에서 자신을 증명할 수 없고 그것은 비윤리적이다 손에 들린 전단지 속, 맥주는 착하게 담겨 있다

그는 전단지 버릴 곳을 찾는다
도덕이 그를 지켜본다

# 황인찬

---

1988년 경기도 안양 출생. 2010년《현대문학》으로 등단.『구관조 씻기기』(민음사, 2012)로 제31회 김수영 문학상 수상.

# 구관조 씻기기

이 책은 새를 사랑하는 사람이
어떻게 새를 다뤄야 하는가에 대해 다루고 있다

비현실적으로 쾌청한 창밖의 풍경에서 뻗어
나온 빛이 삽화로 들어간 문조 한 쌍을 비춘다

도서관은 너무 조용해서 책장을 넘기는 것마저
실례가 되는 것 같다
나는 어린 새처럼 책을 다룬다

"새는 냄새가 거의 나지 않습니다. 새는 스스로 목욕하므로 일부러 씻길 필요가 없습니다."

나도 모르게 소리 내어 읽었다 새를
키우지도 않는 내가 이 책을 집어 든 것은
어째서였을까

"그러나 물이 사방으로 튄다면, 랩이나 비닐 같은 것으로 새장을 감싸 주는 것이 좋습니다."

나는 긴 복도를 벗어나 거리가 젖은 것을 보았다

## 법원

아침마다 쥐가 죽던 시절이었다 할머니는 밤새 놓은 쥐덫을 양동이에 빠뜨렸다 그것이 죽을 때까지, 할머니는 흔들리는 물을 가만히 바라보았다

죄를 지으면 저곳으로 가야 한다고, 언덕 위의 법원을 가리키며 할머니가 말할 때마다
그게 대체 뭐냐고 묻고 싶었는데

이제 할머니는 안 계시고, 어느새 죽은 것이 물 밖으로 꺼내지곤 하였다
저 차갑고 축축한 것을 어떻게 해야 하나,
할머니는 대체 저걸 어떻게 하셨나

망연해져서 그 차갑고 축축한 것을 자꾸 만지작거렸다

대문 밖에 나와서 앉아 있는데 하얀색 경찰차가 유령처럼 눈앞을 지나갔다

# 손 미

1982년 대전 출생. 2009년 《문학사상》으로 등단. 『양파 공동체』(민음사, 2013)로 제32회 김수영 문학상 수상.

# 양파 공동체

그러니 이제 열쇠를 다오. 조금만 견디면 그곳에 도착한다. 마중 나오는 싹을 얇게 저며 얼굴에 쌓고, 그 아래 열쇠를 숨겨 두길 바란다.

부화하는 열쇠에게 비밀을 말하는 건 올바른가?

이제 들여보내 다오. 나는 쪼개지고 부서지고 얇아지는 양파를 쥐고 기도했다. 도착하면 뒷문을 열어야지. 뒷문을 열면 비탈진 숲, 숲을 지나면 시냇물. 굴러떨어진 양파는 첨벙첨벙 건너갈 것이다. 그러면 나는 사라질 수 있겠다.

나는 때때로 양파에 입을 그린 뒤 얼싸안고 울고 싶다. 흰 방들이 꽉꽉 차 있는 양파를.

문 열면 무수한 미로들.

오랫동안 문 앞에 앉아 양파가 익기를 기다리고 있다.

나는 때때로 쪼개고 열어 흰 방에 내리는 조용한 비를 지켜보았다. 내 비밀을 이 속에 감추는 건 올바른가. 꽉꽉 찬 보따리를 양 손에 쥐고 조금만 참으면 도착할 수 있다.
한 번도 들어가 본 적 없는 내 집.

작아지는 양파를 발로 차며 속으로, 속으로만 가는 것은 올바른가. 입을 다문 채 이 자리에서 투명하게 변해 가는 것은 올바른가.

## 진실게임

내가 오래전에 따라 두었던 우유
속에서 매일 산책하는 사람은 누구입니까
침전된 도시로 걸리는 전화
에 동전을 넣을 때

**내가 찾았지**
**먼-고향으로 돌아가는 길**

정거장 없는 청룡열차를 타고
같은 몸속을 계속 돌고 있다는 생각
내가 없는 채로 내 몸은
어디서 녹는 겁니까

자, 이제
하나씩 진실을 이야기할 시간

불에 탄 소돔과 고모라
섬뜩한 외로움 때문에
그들이 죽었습니까

내가 알던 진실은
응고된 하오(下午)로
실종되고

진실이 살해된 도시의
유일한 목격자,
사람 이빨을 가진
물고기가
액체인지 뼈인지
하얗게 물들 때

**내가 찾았지**
**이상하고, 아름다운**
**고향으로 돌아가는 길**

■ 해제 ■

# 어제, 오늘, 미래

## —〈김수영 문학상〉의 전진

서동욱(시인·문학평론가)

### 1

〈김수영 문학상〉은 지난 삼십여 년간 한국 시가 어떤 문제들과 마주쳐서 어떤 대응을 해 왔으며, 그 가운데 어떤 창조적 변화를 매번 수행해 왔는지 기록하고 있는, 한국 현대 시사의 사초(史草)와도 같다.

한 시인의 이름에서 유래한 문학상이 그런 보편적 사초의 자격을 가질 수 있을까? 아마도 그럴 수 있다면 두 가지 요인 때문일 것이다. 하나는 김수영이 열어 놓은 시적 지평이, 시 장르가 가질 수 있는 가능성 일반 자체와 포개질 정도로 넓기 때문이며, 다른 하나는 김수영이라는 한 선배 시인이 남겨 놓은 시적 화두를 한국 현대시의 각 국면을 대표하는 이후 시인들이 각자의 창조력 속에서 자신의 독창적인 작품으로 현실화하는 데 성공했기 때문일 것이다. 그리고 이것이 사실이라면, '풀의 시인'은 정당하게도 한국 시 역사의 풀밭(史草)을 그의 후배들의 무성하고 푸른 시들을 통해 열어 놓은 것이다.

## 2

이 상은 어떻게 출발했고 한국 시문학에 어떤 흔적을 남기고 있는가? 민음사가 간행하는 계간 《세계의 문학》 1981년 겨울호는 이 상의 1회 수상자를 발표하고 있는데, 그 호의 '편집후기'에는 다음과 같은 공지가 실려 있다.

> 《세계의 문학》에 〈김수영 문학상〉이 발표된다. 이것은 《세계의 문학》 자체 행사가 아니라 김수영의 문학적 업적과 의도, 그 유족의 뜻, 시대의 문학적 소망이 모여서 이루어진 독자적인 행사이지만, 《세계의 문학》이 그 발표 기타의 잡무를 맡아 하게 된 것을 영광으로 생각한다.

짧은 내용이지만 이 글에는 〈김수영 문학상〉을 이해하는 데 꼭 필요한 정보들이 담겨 있다. 1) 김수영의 문학적 업적과 의지를 계승한다는 것, 2) 유족이 상의 제정을 발의

했다는 것, 3) 시대의 문학적 소명에 부합한다는 것, 4) 《세계의 문학》이 실질적 업무를 돌본다는 것이다.

여기서 2) 및 4)의 내용과 관련해서는 진행되어 온바 사실을 설명하는 것으로 충분할 것이다. 상의 제정은 유족이 김수영 시선 『거대한 뿌리』와 김수영 전집 등 민음사에서 간행된 김수영 저작의 인세를 상금으로 써 줄 것을 제안하면서 이루어지게 되었다. 이후 상의 심사, 발표, 시상 등 실무는 〈김수영 문학상〉 운영 위원회와 《세계의 문학》이 담당해 왔다.

보다 중요한 것은 1) 및 3)의 내용과 관련하여 이 상이 지닌 문학적 무게를 가늠하는 것이리라. 상은 한편으로 늘 김수영의 문학적 업적과 그가 품었던 생각들로 돌아간다. 김수영이라는 인간은 누구이고 그의 시란 무엇인가? 억압과 자유라는 정치적 체험을 자신의 삶의 중심에 간직한 한 사람의 시민, 도시적 삶에 대한 감수성을 지닌 한 근대인, 영어와 일어에 능통하여 독서를 통해 세계의 인문적 흐름을 이해한 자, 마누라와 싸우고 어머니에게 허세 부리고 친구들을 못살게 굴었으며 번역 등등의 일로 편집자들과, 그리고 대금 때문에 신문 배달원과 신경전을 벌인 일상적 삶의 화신 등등이 김수영의 시를 쌓아 올리고 있는 블록들일 것이다. 그의 시는 삶의 이 블록들을 신화로, 또는 경서로 만들었고, 김수영적인 것은 무엇인가라고 물을 때 이 블록들은 그 물음을 불태우기 위한 연료가 된다.

다른 한편 이 상은 김수영 한 개인을 기리는 데 그치는 것이 아니라, "시대의 문학적 소망"을 담아내려 한 강한 의지에 의해 성장해 왔다. 이 상은 늘 김수영으로 돌아갈 뿐만 아니라, 그 시대의 삶이 지닌 문제와 과제와 문학의 소명에 대한 물음을 자신을 버티게 해 줄 기둥으로 삼는다.

〈김수영 문학상〉이 제정되고 운영되어 온 1980년대와 1990년대 삶과 문학은 매우 다면적인 과제를 지닌다. 상의 제정 바로 전 해에 광주민주화운동이 있었고, 이후 제5공화국, 1980년대 중반의 대규모 가두 행진이라는 '시민'의 정치적 체험이 이어졌다. 비논리와 공포와 거짓말과 학살을 이성과 감성 모두를 통해 이해하고 소화하는 일 자체가 너무도 힘겨운 이 시기(그러나 그것은 그치지 않고 또 변주된다.), 시대의 소망은 당연히 정치적 감수성을 통해 방향 잡힌다. 1회 정희성, 3회 황지우 등의 수상자는 정치적으로 고통스러운 시대가 가진 소명에 대한 응답을 시 속에 담아내었고, 〈김수영 문학상〉은 1960년대 김수영이 체험하고 갈구한 정치적 자유가 이들의 정신 속에 부표처럼 떠 있음을 발견했다. 또한 문학적으로는 전위적 실험의 과제, 모더니즘 기풍의 발전, 서정성의 쇄신 등 다면적인 화두가 이 시기 시인들의 정신을 이끌었다.

이렇게 김수영 정신의 확인과 시대적 소망이라는 두 축 위에 〈김수영 문학상〉은 축조되었고, 또 주목할 만한 시인들의 수상을 통해 영광을 얻어 왔다. 김수영의 시에 내재

하는 잠재력의 관점에서 분류해 볼 때, 수상자들의 위상은 대체로 아래와 같지 않을까 한다. 물론 분류 자체는 시인의 다면적이고 변화무쌍한 생동력을 고착화한다는 점에서 그다지 달갑지 않은 것이지만, 편의적인 관점에서 대략적 조망의 지점을 확보하기 위한 제한된 목적을 위해선 얼마간 필요할지도 모르겠다.

— 민중의 삶과 고통을 대변하는 정치적 목소리(정희성, 김용택, 차창룡).
— 전위적 성취(이성복, 황지우, 장정일, 유하).
— 모더니즘적 감수성 및 도시적 취향(최승호, 김혜순, 황인숙, 채호기, 김기택).
— 정신의 깊이를 측정하는 성찰(조정권, 이기철, 김정웅, 김광규).
— 서정성(이하석, 장석남, 송찬호, 함민복, 나희덕, 이정록, 이윤학).

우리는 시인들의 수상 시집에 중점을 둘 것이냐, 아니면 시인의 전체적 시풍에 중점을 둘 것이냐에 따라, 또는 시인의 다면적 성격 가운데 둘 수 있는 강조점에 따라 전혀 다른 분류 방식을 취할 수도 있을 것이다. 중요한 것은 저 모든 주제들이 김수영의 고심거리였고, 수상 시인들을 통해 한국 시의 근본 화두가 되었으며, 또 우리 시가 마주칠 앞날의 운명에 대해서도 고지하고 있다는 점이다.

## 3

이후 2000년대 들어 〈김수영 문학상〉은 새로운 변모의 계기를 얻는다. 유족들의 이양 뜻을 민음사가 수용함에 따라 2006년부터 〈김수영 문학상〉은 재정과 운영의 차원 모두에서 전적으로 계간 《세계의 문학》이 담당하게 되었으며 새로이 체제를 정비하였다.

그간 매 시대 〈김수영 문학상〉은 문단에 새로운 입김을 불어넣는 시의 젊은 힘을 드러내고자 애써 왔는데, 이러한 본래 정신에 따라 가장 패기 넘치는 새로운 개성을 지닌 시인을 뽑는다는 취지 아래 등단 십 년 이내 시인으로 수상 범위를 한정했다. 출판된 시집을 대상으로 시상하던 방식에서 응모로 변환한 방식의 장점은, 기성의 시집에 대해 이미 형성된 평가를 추인하는 한계를 벗어나 보다 능동적으로 시인들의 숨겨진 가치를 새롭게 드러낼 수 있게 되었다는 점이다. 문인들의 층이 두터워지고 문단에 관계된 여러 환경과 독자층 — 전문가부터 일반인까지 — 이 안정되어 감에 따라, 출간된 시집을 문학상이 발견하기 전에 시집 자체가 문단의 안정된 평가의 장에 급속히 자리 잡는 추세가 계속되어 왔다. 이런 상황 속에서 출간된 시집에 시상하던 방식은 이미 평가된 명성을 사후 승인하는 얼마간 싱거운 일이 될 위험이 커졌던 것이다. 따라서 새로운 시상 제도는 현실화된 가능성을 확인하는 일이 아니라, 가능성을 현실화하는 일이어야만 했다.

그래서 오늘날 이 상은 어떤 것이 되었는가?

강기원, 문혜진, 여태천, 김경주, 김성대, 서효인, 황인찬, 손미 등이 이후 수상의 영예를 안았다. 붓이 주파하는 종이의 짤막한 거리 안에 서예와 말을 하나의 덩어리로 응축시키는 고대 중국의 문예비평 식으로, 또는 마지막 숨과 겨루며 많은 사람에게 말을 건네야 했던 야곱의 짧은 유언 식으로 최근의 이 젊은 시인들의 면면을 살펴보자.

강기원은 우리가 습관적으로 익숙해진 비전과 신체에 대한 감각 배후의 낯선 세계, 조화로운 팔등신이 아니라, 정육점 갈고리에 걸린 고기나 여타 먹거리 같은 생경한 살의 세계를 들여다보기 위해 특별한 언어를 고안해 낸다.

문혜진은 인간이라는 유한한 형태가 잠시 맡아 가지고 있는 원초적 생명력의 근원적 모습을, 인간의 언어를 허물어뜨리고 희생시키는 방식으로 언어 안에 담아내는 모험을 보여 준다.

여태천은 야구장의 관중석에 남아 맹한 눈길을 인간의 운명에 던지고 있는 사내처럼 그렇게, 동요와 격정에서 오는 피로와 집착 없이, 우리 삶의 비극적 국면을 담담하게 들여다보고 있는데, 이 담담한 시선은 그의 시를 통해 한

없이 큰 위안을 건네준다.

김경주의 시는 마음 한구석의 서늘한 빈곤함을 건드린다. 그의 시는 언어의 배후에서, 떨고 외로워하고, 세상의 먼 끝까지 시선을 주며 한번 날아오르고 싶어 하는 젊은이의 마음을 만나는 일이 얼마나 감동적인지 알게 해 준다.

김성대는 잔잔하게, 그리고 천천히 전진하는 어조 속에서, 단단한 비밀의 껍질을 두르고 있는 삶의 내면으로 집요하게 침투해 들어간다. 자극적인 언어나 소란스러운 시적 정황을 표면에 내세우지 않으면서 매우 깊이 있고 세련된 언어 구사를 통해 삶의 다채로운 국면을 시 속에 녹여 낸다.

서효인은 소년적인 돌발적 이미지와 낯선 문장을 어색함 없이 소화해 냄으로써 시의 혈액을 신선하게 하는 한편, 가독성과 재미가 떨어지는 시를 양산하는 병폐를 피해 간다.

황인찬은 최근 시에서 볼 수 없었던 농도 짙은 개성을 드러내는 데 성공하고 있다. 말 많은 현대시의 경향으로부터 멀리 떨어져 그의 언어와 상황은 오히려 간결하게 뚝뚝 끊어진다. 너무 빨리 시작해서 너무 빨리 끝나는 음악 같은 시의 각 연들이 각각 하나의 인상 깊은 구체성에 도달하면서 삶의 근본 국면들을 냉정하게 드러낸다.

손미는 요란스럽지는 않으나, 작으면서도 무시무시한 동요(動搖)를 가시화하는, 유리의 실금과도 같은 세계를 빼어나게 구현하고 있다. 그녀는 양파 안에 들어 있는 고요한 세계가 실금과도 같은, 식물의 결을 따라 잘라지고 동요하며 갈등하는 모습을, 소리도 들리지 않는 살인처럼 기록하면서 삶의 미세한 비밀을 들여다보게 한다.

이 시인들이 만일 하나의 이름을 가져야 한다면 그것은 '예외성'일 것이며, 김수영은 바로 그것이 자기 이름이라고 화내며 반가워할 것이다.

## 4

이러한 시인들의 세계가 오늘날 〈김수영 문학상〉의 현주소를 들여다보게 해 준다.

그러나 이 문학상의 진짜 주소가 있겠는가? 김수영이라는 이름은 사실 이름의 정체가 없다. 그 이름의 본성이 변신이며 모험인 까닭이다. 그러니 〈김수영 문학상〉의 수상자들이 김수영의 주소를 적중시키는 방식은 전혀 주소지가 없는 변신과 모험을 통해서이다. 그리고 그런 방식으로 〈김수영 문학상〉은 한국 시의 곁에 머물렀다.

어떤 사람의 이름은, 문방구에서 처음 구입했을 때는 한 개의 풍선 조각일지도 모르지만 시간이 지날수록 대지에서 물을 빨아올리는 수박처럼 점점 큰 물 풍선이 된다. 물 풍선…… 초등학교 때 화장실 너머로 던지던, 또는 화장실 안에서 얻어맞던 그 조그만 위반적 물건 말이다.

우리는 좋든 싫든, 옳건 그르건 위대한 이름들의 물 풍선이 매달린 거대한 화장실에서. 한평생을 보낸다. 김수영의 물 풍선은 그 이름을 받은 수상 시인들의 크기로 더욱 큰 물 풍선이 되어 간다.

김수영의 이름은 이제 또 어느 시인의 머리 위에서 쇼프로의 한 장면처럼 터지며 물벼락이 될 것인가? 언제 또 세례를 주는 정화수처럼 누군가의 정신 위로 흘러내리며 그의 시에 입을 맞출 것인가? 분명한 것은 이 물 풍선이 터질 때 세계는 멈추며 시의 운명은 다시 한번 자신의 고집대로 세계의 새로운 자전축을 정한다는 점이다.

엮은이 **서동욱**

1969년 서울에서 태어나 벨기에 루뱅 대학교 철학과에서 석사와 박사학위를 받았다. 1995년《세계의 문학》과《상상》에 시와 평론을 발표하며 등단했다. 저서로『차이와 타자』,『들뢰즈의 철학』,『일상의 모험』,『철학 연습』 등이 있고 시집으로『랭보가 시쓰기를 그만둔 날』,『우주전쟁 중에 첫사랑』이 있으며 비평서로『익명의 밤』이 있다. 엮은 책으로『싸우는 인문학』, 역서로는 들뢰즈의『칸트의 비판철학』,『프루스트와 기호들』과 레비나스의『존재에서 존재자로』 등이 있다. 현재 서강대 철학과 교수로 재직 중이며 계간《세계의 문학》 편집위원으로 활동 중이다.

**김행숙**

1970년 서울에서 태어나 고려대 국어교육과를 졸업한 후 동 대학원 국문과에서 박사학위를 받았다. 1999년《현대문학》으로 등단했다. 저서로『문학이란 무엇이었는가』,『창조와 폐허를 가로지르다』,『마주침의 발명』,『에로스와 아우라』 등이 있고 시집으로『사춘기』,『이별의 능력』,『타인의 의미』가 있다. 노작문학상을 받았으며 현재 강남대 국문과 교수로 재직 중이다. 계간《세계의 문학》 편집위원으로 활동 중이다.

# 온몸으로 밀고 나가는 것이다

1판 1쇄 펴냄 2014년 1월 13일
1판 3쇄 펴냄 2019년 9월 11일

지은이 정희성 외
엮은이 서동욱, 김행숙
발행인 박근섭, 박상준
펴낸곳 (주)민음사

출판등록 1966. 5. 19. (제16-490호)
서울특별시 강남구 도산대로1길 62(신사동) 강남출판문화센터 5층 (우편번호 06027)
대표전화 02-515-2000 / 팩시밀리 02-515-2007
www.minumsa.com



ISBN 978-89-374-0821-2 04810
978-89-374-0802-1 (세트)

## 민음의 시 목록

039 낯선 길에 묻다 성석제
040 404호 김혜수
041 이 강산 녹음 방초 박종해
042 뿔 문인수
043 두 힘이 숲을 설레게 한다 손진은
044 황금 연못 장옥관
045 밤에 용서라는 말을 들었다 이진명
046 홀로 등불을 상처 위에 켜다 윤후명
047 고래는 명상가 김영태
048 당나귀의 꿈 권대웅
049 까마귀 김재석
050 늙은 퇴폐 이승욱
051 색동 단풍숲을 노래하라 김영무
052 산책시편 이문재
053 입국 사이토우 마리코
054 저녁의 첼로 최계선
055 6은 나무 7은 돌고래 박상순
056 세상의 모든 저녁 유하
057 산화가 노혜봉
058 여우를 살리기 위해 이학성
059 현대적 이갑수
060 황천반점 윤제림
061 몸나무의 추억 박진형
062 푸른 비상구 이희중
063 님시편 하종오
064 비밀을 사랑한 이유 정은숙
065 고요한 동백을 품은 바다가 있다 정화진
066 내 귓속의 장대나무 숲 최정례
067 바퀴소리를 듣는다 장옥관
068 참 이상한 상형문자 이승욱
069 열하를 향하여 이기철
070 발전소 하재봉
071 화염길 박찬
072 딱따구리는 어디에 숨어 있는가 최동호
073 서랍 속의 여자 박지영
074 가끔 중세를 꿈꾼다 전대호
075 로큰롤 해븐 김태형
076 에로스의 반지 백미혜
077 남자를 위하여 문정희
078 그가 내 얼굴을 만지네 송재학
079 검은 암소의 천국 성석제
080 그곳이 멀지 않다 나희덕
081 고요한 입술 송종규
082 오래 비어 있는 길 전동균
083 미리 이별을 노래하다 차창룡
084 불안하다, 서 있는 것들 박용재
085 성찰 전대호
086 삼류 극장에서의 한때 배용제
087 정동진역 김영남
088 벼락무늬 이상희
089 오전 10시에 배달되는 햇살 원희석
090 나만의 것 정은숙
091 그로테스크 최승호
092 나나 이야기 정한용
093 지금 어디에 계십니까 백주은
094 지도에 없는 섬 하나를 안다 임영조
095 말라죽은 앵두나무 아래 잠자는 저 여자 김언희
096 흰 책 정끝별
097 늦게 온 소포 고두현
098 내가 만난 사람은 모두 아름다웠다 이기철
099 빗자루를 타고 달리는 웃음 김승희
100 얼음수도원 고진하
101 그날 말이 돌아오지 않는다 김경후
102 오라, 거짓 사랑아 문정희
103 붉은 담장의 커브 이수명
104 내 청춘의 격렬비열도엔 아직도 음악 같은 눈이 내리지 박정대
105 제비꽃 여인숙 이정록
106 아담, 다른 얼굴 조원규
107 노을의 집 배문성
108 공놀이하는 달마 최동호
109 인생 이승훈
110 내 졸음에도 사랑은 떠도느냐 정철훈
111 내 잠 속의 모래산 이장욱
112 별의 집 백미혜
113 나는 푸른 트럭을 탔다 박찬일

114 사람은 사랑한 만큼 산다 박용재
115 사랑은 야채 같은 것 성미정
116 어머니가 촛불로 밥을 지으신다 정재학
117 나는 걷는다 물먹은 대지 위를 원재길
118 질 나쁜 연애 문혜진
119 양귀비꽃 머리에 꽂고 문정희
120 해질녘에 아픈 사람 신현림
121 Love Adagio 박상순
122 오래 말하는 사이 신달자
123 하늘이 담긴 손 김영래
124 가장 따뜻한 책 이기철
125 뜻밖의 대답 김언희
126 삼천갑자 복사빛 정끝별
127 나는 정말 아주 다르다 이만식
128 시간의 쪽배 오세영
129 간결한 배치 신해욱
130 수탉 고진하
131 빛들의 피곤이 밤을 끌어당긴다 김소연
132 칸트의 동물원 이근화
133 아침 산책 박이문
134 인디오 여인 곽효환
135 모자나무 박찬일
136 녹슨 방 송종규
137 바다로 가득 찬 책 강기원
138 아버지의 도장 김재혁
139 4월아, 미안하다 심언주
140 공중 묘지 성윤석
141 그 얼굴에 입술을 대다 권혁웅
142 열애 신달자
143 길에서 만난 나무늘보 김민
144 검은 표범 여인 문혜진
145 여왕코끼리의 힘 조명
146 광대 소녀의 거꾸로 도는 지구 정재학
147 슬픈 갈릴레이의 마을 정채원
148 습관성 겨울 장승리
149 나쁜 소년이 서 있다 허연
150 앨리스네 집 황성희
151 스윙 여태천
152 호텔 타셀의 돼지들 오은
153 아주 붉은 현기증 천수호
154 침대를 타고 달렸어 신현림
155 소설을 쓰자 김언
156 달의 아가미 김두안
157 우주전쟁 중에 첫사랑 서동욱
158 시소의 감정 김지녀
159 오페라 미용실 윤석정
160 시차의 눈을 달랜다 김경주
161 몽해항로 장석주
162 은하가 은하를 관통하는 밤 강기원
163 마계 윤의섭
164 벼랑 위의 사랑 차창룡
165 언니에게 이영주
166 소년 파르티잔 행동 지침 서효인
167 조용한 회화 가족 No. 1 조민
168 다산의 처녀 문정희
169 타인의 의미 김행숙
170 귀 없는 토끼에 관한 소수 의견 김성대
171 고요로의 초대 조정권
172 애초의 당신 김요일
173 가벼운 마음의 소유자들 유형진
174 종이 신달자
175 명왕성 되다 이재훈
176 유령들 정한용
177 파묻힌 얼굴 오정국
178 키키 김산
179 백 년 동안의 세계대전 서효인
180 나무, 나의 모국어 이기철
181 밤의 분명한 사실들 진수미
182 사과 사이사이 새 최문자
183 애인 이응준
184 얘들아, 모든 이름을 사랑해 김경인
185 마른하늘에서 치는 박수 소리 오세영
186 ㄹ 성기완
187 모조 숲 이민하
188 침묵의 푸른 이랑 이태수
189 구관조 씻기기 황인찬
190 구두코 조혜은
191 저렇게 오렌지는 익어 가고 여태천

192 **이 집에서 슬픔은 안 된다** 김상혁
193 **입술의 문자** 한세정
194 **박카스 만세** 박강
195 **나는 나와 어울리지 않는다** 박판식
196 **딴생각** 김재혁
197 **4를 지키려는 노력** 황성희
198 **.zip** 송기영
199 **절반의 침묵** 박은율
200 **양파 공동체** 손미
201 **온몸으로 밀고 나가는 것이다**
서동욱·김행숙 엮음
202 **암흑향 暗黑鄕** 조연호
203 **살 흐르다** 신달자
204 **6** 성동혁
205 **응** 문정희
206 **모스크바예술극장의 기립 박수** 기혁
207 **기차는 꽃그늘에 주저앉아** 김명인
208 **백 리를 기다리는 말** 박해람
209 **묵시록** 윤의섭
210 **비는 염소를 몰고 올 수 있을까** 심언주
211 **힐베르트 고양이 제로** 함기석
212 **결코 안녕인 세계** 주영중
213 **공중을 들어 올리는 하나의 방식** 송종규
214 **회지의 세계** 황인찬
215 **달의 뒷면을 보다** 고두현
216 **온갖 것들의 낮** 유계영
217 **지중해의 피** 강기원
218 **일요일과 나쁜 날씨** 장석주
219 **세상의 모든 최대화** 황유원
220 **몇 명의 내가 있는 액자 하나** 여정
221 **어느 누구의 모든 동생** 서윤후
222 **백치의 산수** 강정
223 **곡면의 힘** 서동욱
224 **나의 다른 이름들** 조용미
225 **벌레 신화** 이재훈
226 **빛이 아닌 결론을 찢는** 안미린
227 **북촌** 신달자
228 **감은 눈이 내 얼굴을** 안태운
229 **눈먼 자의 동쪽** 오정국
230 **혜성의 냄새** 문혜진
231 **파도의 새로운 양상** 김미령
232 **흰 글씨로 쓰는 것** 김준현
233 **내가 훔친 기적** 강지혜
234 **흰 꽃 만지는 시간** 이기철
235 **북양항로** 오세영
236 **구멍만 남은 도넛** 조민
237 **반지하 앨리스** 신현림
238 **나는 벽에 붙어 잤다** 최지인
239 **표류하는 흑발** 김이듬
240 **탐험과 소년과 계절의 서** 안웅선
241 **소리 책력 冊曆** 김정환
242 **책기둥** 문보영
243 **황홀** 허형만
244 **조이와의 키스** 배수연
245 **작가의 사랑** 문정희
246 **정원사를 바로 아세요** 정지우
247 **사람은 모두 울고 난 얼굴** 이상협
248 **내가 사랑하는 나의 새 인간** 김복희
249 **로라와 로라** 심지아
250 **타이피스트** 김이강
251 **목화, 어두운 마음의 깊이** 이응준
252 **백야의 소문으로 영원히** 양안다
253 **캣콜링** 이소호
254 **60조각의 비가** 이선영
255 **우리가 훔친 것들이 만발한다** 최문자
256 **사람을 사랑해도 될까** 손미
257 **사과 얼마예요** 조정인
258 **눈 속의 구조대** 장정일